想北平

老舍／著

人民文学出版社

图书在版编目（CIP）数据

想北平/老舍著. —北京：人民文学出版社，2018(2025.1重印)
ISBN 978-7-02-014704-5

Ⅰ. ①想… Ⅱ. ①老… Ⅲ. ①散文集—中国—现代 Ⅳ. ①I266

中国版本图书馆 CIP 数据核字(2018)第 265306 号

责任编辑　李玉俐
装帧设计　李思安
责任印制　王重艺

出版发行　人民文学出版社
社　　址　北京市朝内大街 166 号
邮政编码　100705

印　　刷　三河市宏盛印务有限公司
经　　销　全国新华书店等

字　　数　142 千字
开　　本　880 毫米×1230 毫米　1/32
印　　张　7.625　插页 3
印　　数　8001—11000
版　　次　2019 年 7 月北京第 1 版
印　　次　2025 年 1 月第 2 次印刷

书　　号　978-7-02-014704-5
定　　价　38.00 元

出版说明

本书以人民文学出版社2013年版《老舍全集·散文卷》为底本，以老舍一生所到之地为线索，将其不同时期、有关各地的散文集结成集。如其出生地北京、留学地伦敦、任教地济南青岛，抗战时期辗转的武汉、成都、重庆、昆明等地。所选篇目既有为广大读者耳熟能详的《想北平》《大明湖之春》等，也有不太常见的《滇行短记》《八方风雨》等，让读者得以更加全面地领略老舍散文的独特风采。

由于作者个人风格特点，这些散文并非单纯写景抒情的游记，京味幽默又饱含深情。既有对熟悉人物、风物的温情眷恋，又有漂泊在外的苦中作乐，还有战时以笔为刀的砥砺前行……一个乐观诙谐又珍情重义的现代文人形象跃然纸上。可以作为老舍自传性的随笔，串联起其大半生的主要生命轨迹，同时也生动再现了时代的变迁和一代知识分子的心路历程。

目　录

想北平

英国人与猫狗

大明湖之春

可爱的成都

八方风雨

想 北 平

青年时期的老舍

想北平

设若让我写一本小说，以北平作背景，我不至于害怕，因为我可以捡着我知道的写，而躲开我所不知道的。让我单摆浮搁的讲一套北平，我没办法。北平的地方那么大，事情那么多，我知道的真觉太少了，虽然我生在那里，一直到廿七岁才离开。以名胜说，我没到过陶然亭，这多可笑！以此类推，我所知道的那点只是“我的北平”，而我的北平大概等于牛的一毛。

可是，我真爱北平。这个爱几乎是要说而说不出的。我爱我的母亲。怎样爱？我说不出。在我想作一件事讨她老人家喜欢的时候，我独自微微的笑着；在我想到她的健康而不放心的时候，我欲落泪。言语是不够表现我的心情的，只有独自微笑或落泪才足以把内心揭露在外面一些来。我之爱北平也近乎这个。夸奖这个古城的某一点是容易的，可是那就把北平看得太小了。我所爱的北平不是枝枝节节的一些什么，而是整个儿与我的心灵相粘合的一段历史，一大块地方，多少风景名胜，从雨后什刹海的蜻蜓一直到我梦里的玉泉山的塔影，都积凑到一块，每一小的事件中有个我，我的每一思念中有个北平，这只有说不出而已。

真愿成为诗人,把一切好听好看的字都浸在自己的心血里,像杜鹃似的啼出北平的俊伟。啊!我不是诗人!我将永远道不出我的爱,一种像由音乐与图画所引起的爱。这不但是辜负了北平,也对不住我自己,因为我的最初的知识与印象都得自北平,它是在我的血里,我的性格与脾气里有许多地方是这古城所赐给的。我不能爱上海与天津,因为我心中有个北平。可是我说不出来!

伦敦,巴黎,罗马与堪司坦丁堡,曾被称为欧洲的四大“历史的都城”。我知道一些伦敦的情形;巴黎与罗马只是到过而已;堪司坦丁堡根本没有去过。就伦敦,巴黎,罗马来说,巴黎更近似北平——虽然“近似”两字要拉扯得很远——不过,假使让我“家住巴黎”,我一定会和没有家一样的感到寂苦。巴黎,据我看,还太热闹。自然,那里也有空旷静寂的地方,可是又未免太旷;不像北平那样既复杂而又有个边际,使我能摸着——那长着红酸枣的老城墙!面向着积水潭,背后是城墙,坐在石上看水中的小蝌蚪或苇叶上的嫩蜻蜓,我可以快乐的坐一天,心中完全安适,无所求也无可怕,像小儿安睡在摇篮里。是的,北平也有热闹的地方,但是它和太极拳相似,动中有静。巴黎有许多地方使人疲乏,所以咖啡与酒是必要的,以便刺激;在北平,有温和的香片茶就够了。

论说巴黎的布置已比伦敦罗马匀调的多了,可是比上北平还差点事儿。北平在人为之中显出自然,几乎是什么地方既不挤得慌,又不太僻静:最小的胡同里的房子也有院子与树;最空旷的地方也离买卖街与住宅区不远。这种分配法可以算——在我的经验中——天下第一了。北平的好处不在处处设备得完全，而在它处处有空儿，可以使人自由的喘气；不在有好些美丽的建筑，而在建筑的四围都有空闲的地方，使它们成为美景。每一个城楼，每一个牌楼，都可以从老远就看见。况且在街上还可以看见北山与西山呢！

好学的，爱古物的，人们自然喜欢北平，因为这里书多古物多。我不好学，也没钱买古物。对于物质上，我却喜爱北平的花多菜多果子多。花草是种费钱的玩艺，可是此地的"草花儿"很便宜，而且家家有院子，可以花不多的钱而种一院子花，即使算不了什么，可是到底可爱呀。墙上的牵牛，墙根的靠山竹与草茉莉，是多么省钱省事而也足以招来蝴蝶呀！至于青菜，白菜，扁豆，毛豆角，黄瓜，菠菜等等，大多数是直接由城外担来而送到家门口的。雨后，韭菜叶上还往往带着雨时溅起的泥点。青菜摊子上的红红绿绿几乎有诗似的美丽。果子有不少是由西山与北山来的，西山的沙果，海棠，北山的黑枣，柿子，进了城还带着一层白霜儿呀！哼，美国的橘子包着纸；遇到北平的带霜儿的玉李，还不愧杀！

是的，北平是个都城，而能有好多自己产生的花，菜，水果，这就使人更接近了自然。从它里面说，它没有像伦敦的那些成天冒烟的工厂；从外面说，它紧连着园林，菜圃与农村。采菊东篱下，在这里，确是可以悠然见南山的；大概把"南"字变个"西"或"北"，也没有多少了不得的吧。像我这样的一个贫寒的人，或者只有在北平能享受一点清福了。

好，不再说了吧；要落泪了，真想念北平呀！

北京的春节

按照北京的老规矩，过农历的新年（春节），差不多在腊月的初旬就开头了。“腊七腊八，冻死寒鸦”，这是一年里最冷的时候。可是，到了严冬，不久便是春天，所以人们并不因为寒冷而减少过年与迎春的热情。在腊八那天，人家里，寺观里，都熬腊八粥。这种特制的粥是祭祖祭神的，可是细一想，它倒是农业社会的一种自傲的表现——这种粥是用所有的各种的米，各种的豆，与各种的干果（杏仁、核桃仁、瓜子、荔枝肉、桂圆肉、莲子、花生米、葡萄干、菱角米……）熬成的。这不是粥，而是小型的农产展览会。

腊八这天还要泡腊八蒜。把蒜瓣在这天放到高醋里，封起来，为过年吃饺子用的。到年底，蒜泡得色如翡翠，而醋也有了些辣味，色味双美，使人要多吃几个饺子。在北京，过年时，家家吃饺子。

从腊八起，铺户中就加紧的上年货，街上加多了货摊子——卖春联的、卖年画的、卖蜜供的、卖水仙花的等等都是只在这一季节才会出现的。这些赶年的摊子都教儿童们的心跳得特别快一些。在胡同里，吆喝的声音也比平时更多更复杂起来，其中也有仅在腊月才出现的，像卖宪书的、松枝的、薏仁米的、年糕的等等。

在有皇帝的时候，学童们到腊月十九日就不上学了，放年假一月。儿童们准备过年，差不多第一件事是买杂拌儿。这是用各种干果（花生、胶枣、榛子、栗子等）与蜜饯掺和成的，普通的带皮，高级的没有皮——例如：普通的用带皮的榛子，高级的就用榛瓤儿。儿童们喜吃这些零七八碎儿，即使没有饺子吃，也必须买杂拌儿。他们的第二件大事是买爆竹，特别是男孩子们。恐怕第三件事才是买玩艺儿——风筝、空竹、口琴等——和年画儿。

儿童们忙乱，大人们也紧张。他们须预备过年吃的使的喝的一切。他们也必须给儿童赶快做新鞋新衣，好在新年时显出万象更新的气象。

二十三日过小年，差不多就是过新年的“彩排”。在旧社会里，这天晚上家家祭灶王，从一擦黑儿鞭炮就响起来，随着炮声把灶王的纸像焚化，美其名叫送灶王上天。在前几天，街上就有多少多少卖麦芽糖与江米糖的，糖形或为长方块或为大小瓜形。按旧日的说法：用糖粘住灶王的嘴，他到了天上就不会向玉皇报告家庭中的坏事了。现在，还有卖糖的，但是只由大家享用，并不再粘灶王的嘴了。

过了二十三，大家就更忙起来，新年眨眼就到了啊。在除夕以前，家家必须把春联贴好，必须大扫除一次，名曰扫房。必须把肉、鸡、鱼、青菜、年糕什么的都预备充足，至少足够吃用一个星期的——按老习惯，铺户多数关五天门，到正月初六才开张。

假若不预备下几天的吃食，临时不容易补充。还有，旧社会里的老妈妈论，讲究在除夕把一切该切出来的东西都切出来，省得在正月初一到初五再动刀，动刀剪是不吉利的。这含有迷信的意思，不过它也表现了我们确是爱和平的人，在一岁之首连切菜刀都不愿动一动。

除夕真热闹。家家赶作年菜，到处是酒肉的香味。老少男女都穿起新衣，门外贴好红红的对联，屋里贴好各色的年画，哪一家都灯火通宵，不许间断，炮声日夜不绝。在外边作事的人，除非万不得已，必定赶回家来，吃团圆饭，祭祖。这一夜，除了很小的孩子，没有什么人睡觉，而都要守岁。

元旦的光景与除夕截然不同：除夕，街上挤满了人；元旦，铺户都上着板子，门前堆着昨夜燃放的爆竹纸皮，全城都在休息。

男人们在午前就出动，到亲戚家，朋友家去拜年。女人们在家中接待客人。同时，城内城外有许多寺院开放，任人游览，小贩们在庙外摆摊、卖茶、食品和各种玩具。北城外的大钟寺、西城外的白云观、南城的火神庙（厂甸）是最有名的。可是，开庙最初的两三天，并不十分热闹，因为人们还正忙着彼此贺年，无暇及此。到了初五六，庙会开始风光起来，小孩们特别热心去逛，为的是到城外看看野景，可以骑毛驴，还能买到那些新年特有的玩具。白云观外的广场上有赛轿车赛马的；在老年间，据说还有赛骆驼的。这些比赛并不争取谁第一谁第二，而是在观众面前表演骡马与骑者的美好姿态与技能。

多数的铺户在初六开张，又放鞭炮，从天亮到清早，全城的炮声不绝。虽然开了张，可是除了卖吃食与其他重要日用品的铺子，大家并不很忙，铺中的伙计们还可以轮流着去逛庙、逛天桥和听戏。

元宵（汤圆）上市，新年的高潮到了——元宵节（从正月十三到十七）。除夕是热闹的，可是没有月光；元宵节呢，恰好是明月当空。元旦是体面的，家家门前贴着鲜红的春联，人们穿着新衣裳，可是它还不够美。元宵节，处处悬灯结彩，整条的大街像是办喜事，火炽而美丽。有名的老铺都要挂出几百盏灯来，有的一律是玻璃的，有的清一色是牛角的，有的都是纱灯；有的各形各色，有的通通彩绘全部《红楼梦》或《水浒传》故事。这，在当年，也就是一种广告；灯一悬起，任何人都可以进到铺中参观；晚间灯中都点上烛，观者就更多。这广告可不庸俗。干果店在灯节还要作一批杂拌儿生意，所以每每独出心裁的，制成各样的冰灯，或用麦苗作成一两条碧绿的长龙，把顾客招来。

除了悬灯，广场上还放花盒。在城隍庙里并且燃起火判，火舌由判官的泥像的口、耳、鼻、眼中伸吐出来。公园里放起天灯，像巨星似的飞到天空。

男男女女都出来踏月、看灯、看焰火；街上的人拥挤不动。在旧社会里，女人们轻易不出门，她们可以在灯节里得到些自由。

小孩子们买各种花炮燃放，即使不跑到街上去淘气，在家中也照样能有声有光的玩耍。家中也有灯：走马灯——原始的电影——宫灯、各形各色的纸灯，还有纱灯，里面有小铃，到时候就叮叮的响。大家还必须吃汤圆呀。这的确是美好快乐的日子。

一眨眼，到了残灯末庙，学生该去上学，大人又去照常作事，新年在正月十九结束了。腊月和正月，在农村社会里正是大家最闲在的时候，而猪牛羊等也正长成，所以大家要杀猪宰羊，酬劳一年的辛苦。过了灯节,天气转暖,大家就又去忙着干活了。北京虽是城市,可是它也跟着农村社会一齐过年,而且过得分外热闹。

在旧社会里,过年是与迷信分不开的。腊八粥,关东糖,除夕的饺子,都须先去供佛,而后人们再享用。除夕要接神;大年初二要祭财神,吃元宝汤(馄饨),而且有的人要到财神庙去借纸元宝,抢烧头股香。正月初八要给老人们顺星、祈寿。因此那时候最大的一笔浪费是买香蜡纸马的钱。现在,大家都不迷信了,也就省下这笔开销,用到有用的地方去。特别值得提到的是现在的儿童只快活的过年,而不受那迷信的熏染,他们只有快乐,而没有恐惧——怕神怕鬼。也许,现在过年没有以前那么热闹了,可是多么清醒健康呢。以前,人们过年是托神鬼的庇佑,现在是大家劳动终岁,大家也应当快乐的过年。

兔儿爷

我好静，故怕旅行。自然，到过的地方就不多了。到的地方少，看的东西自然也就少。就是对于兔儿爷这玩艺也没有看过多少种。

稍为熟习的只有北方几座城：北平，天津，济南，和青岛。在这四个名城里，一到中秋，街上便摆出兔儿爷来——就是山东人称为兔子王的泥人。兔儿爷或兔子王都是泥作的。兔脸人身，有的背后还插上纸旗，头上罩着纸伞。种类多，作工细，要算北平。山东的兔子王样式既少，手工也很糙。

泥人本有多种，可是因为不结实，所以作得都不太精细；给小儿女买玩艺儿，谁也不愿多花钱买一碰即碎的呀。兔儿爷虽也系泥人，但售出的时间只在八月节前的半个月左右，与月饼同为迎时当令的东西，故不妨作得精细一些。况且小儿女们每愿给兔儿爷上供，置之桌上，不像对待别种泥娃娃那么随便，于是也就略为减少碰碎的危险。这样，兔儿爷便获得较优越的地位，而能每年一度很漂亮的出现于街头。

中秋又到了，北平等处的兔儿爷怎样呢？

我可以想象到：那些粉脸彩衣，插旗打伞的泥人们一定还是一行行的摆在街头，为暴敌粉饰升平啊！

听说敌人这些日子，正在北平大量的焚书，几乎凡不是木板的图书都可以遭到被投入火里的厄运。学校里，人家里，都没有了书，而街头上到处摆出兔儿爷，多么好的一种布置呢！暴敌要的是傀儡呀！

友人来信，说平津大雨，连韭菜都卖到三吊钱（与重庆的"吊"同值）一束，粗粮也卖到一毛多一斤。谁还买得起兔儿爷呢？大概也就是在市上摆几天，给大家热闹热闹眼睛吧？

因而就想到那些高等汉奸，到时候，他们就必出来。正如桂花一开，兔子王便上市。他们的脸很体面，油光水滑的，只可惜鼻下有个三瓣子嘴，而头上有一对长耳朵。他们的身上也花花绿绿，足下蹬起粉底高靴。身腔里可是空空的，脊背有个泥团儿，为插旗伞之用；旗伞都是纸作的。他们多体面，多空虚，多没有心肝呢！他们唯一的好处似乎只在有两个泥膝，跪下很方便。

兔儿爷怕遇上淘气的孩子，左搬右弄，它脸上的粉，身上的彩，便被弄污；不幸而孩子一失手，全身便变成若干小片片了。孩子并不十分伤心，有钱便能再买一个呀。幸而支持过了中秋，并未粉碎；可又时节已过，谁还有心玩兔子王呢？最聪明的傀儡也不过是些小土片呀！那些带活气的兔子王，越漂亮，我就越替他们担心；小日本鬼子不但淘气，而且是世上最凶狠的孩子啊。兔子王的寿命无论如何过不去中秋，我真想为那些粉墨登场的傀儡们落泪了。

抗战建国须凭真实本领与浩然正气，只能迎时当令充兔子王的，不作汉奸，也是废物。那么，我们不仅当北望平津，似乎也当自省一下吧？

我的母亲

母亲的娘家是北平德胜门外，土城儿外边，通大钟寺的大路上的一个小村里。村里一共有四五家人家，都姓马。大家都种点不十分肥美的地，但是与我同辈的兄弟们，也有当兵的，作木匠的，作泥水匠的，和当巡察的。他们虽然是农家，却养不起牛马，人手不够的时候，妇女便也须下地作活。

对于姥姥家，我只知道上述的一点。外公外婆是什么样子，我就不知道了，因为他们早已去世。至于更远的族系与家史，就更不晓得了；穷人只能顾眼前的衣食，没有功夫谈论什么过去的光荣；“家谱”这字眼，我在幼年就根本没有听说过。

母亲生在农家，所以勤俭诚实，身体也好。这一点事实却极重要，因为假若我没有这样的一位母亲，我以为我恐怕也就要大大的打个折扣了。

母亲出嫁大概是很早，因为我的大姐现在已是六十多岁的老太婆，而我的大外甥女还长我一岁啊。我有三个哥哥，四个姐姐，但能长大成人的，只有大姐，二姐，三姐，三哥与我。我是“老”儿子。生我的时候，母亲已有四十一岁，大姐二姐已都出了阁。

由大姐与二姐所嫁入的家庭来推断，在我生下之前，我的家里，大概还马马虎虎的过得去。那时候定婚讲究门当户对，而大姐丈是作小官的，二姐丈也开过一间酒馆，他们都是相当体面的人。

可是，我，我给家庭带来了不幸：我生下来，母亲晕过去半夜，才睁眼看见她的老儿子——感谢大姐，把我揣在怀中，致未冻死。

一岁半，我把父亲"克"死了。

兄不到十岁，三姐十二三岁，我才一岁半，全仗母亲独力抚养了。父亲的寡姐跟我们一块儿住，她吸鸦片，她喜摸纸牌，她的脾气极坏。为我们的衣食，母亲要给人家洗衣服，缝补或裁缝衣裳。在我的记忆中，她的手终年是鲜红微肿的。白天，她洗衣服，洗一两大绿瓦盆。她作事永远丝毫也不敷衍，就是屠户们送来的黑如铁的布袜，她也给洗得雪白。晚间，她与三姐抱着一盏油灯，还要缝补衣服，一直到半夜。她终年没有休息，可是在忙碌中她还把院子屋中收拾得清清爽爽。桌椅都是旧的，柜门的铜活久已残缺不全，可是她的手老使破桌面上没有尘土，残破的铜活发着光。院中，父亲遗留下的几盆石榴与夹竹桃，永远会得到应有的浇灌与爱护，年年夏天开许多花。

哥哥似乎没有同我玩耍过。有时候，他去读书；有时候，他去学徒；有时候，他也去卖花生或樱桃之类的小东西。母亲含着泪把他送走，不到两天，又含着泪接他回来。我不明白这都是什么事，而只觉得与他很生疏。与母亲相依为命的是我与三姐。因此，他们作事，我老在后面跟着。他们浇花，我也张罗着取水；

她们扫地,我就撮土……从这里,我学得了爱花,爱清洁,守秩序。这些习惯至今还被我保存着。

有客人来,无论手中怎么窘,母亲也要设法弄一点东西去款待。舅父与表哥们往往是自己掏钱买酒肉食,这使她脸上羞得飞红,可是殷勤的给他们温酒作面,又给她一些喜悦。遇上亲友家中有喜丧事,母亲必把大褂洗得干干净净,亲自去贺吊——份礼也许只是两吊小钱。到如今如我的好客的习性,还未全改,尽管生活是这么清苦,因为自幼儿看惯了的事情是不易改掉的。

姑母常闹脾气。她单在鸡蛋里找骨头。她是我家中的阎王。直到我入了中学,她才死去,我可是没有看见母亲反抗过。"没受过婆婆的气,还不受大姑子的吗?命当如此!"母亲在非解释一下不足以平服别人的时候,才这样说。是的,命当如此。母亲活到老,穷到老,辛苦到老,全是命当如此。她最会吃亏。给亲友邻居帮忙,她总跑在前面:她会给婴儿洗三——穷朋友们可以因此少花一笔"请姥姥"钱——她会刮痧,她会给孩子们剃头,她会给少妇们绞脸……凡是她能作的,都有求必应。但是吵嘴打架,永远没有她。她宁吃亏,不逗气。当姑母死去的时候,母亲似乎把一世的委屈都哭了出来,一直哭到坟地。不知道哪里来的一位侄子,声称有承继权,母亲便一声不响,教他搬走那些破桌子烂板凳,而且把姑母养的一只肥母鸡也送给他。

可是,母亲并不软弱。父亲死在庚子闹"拳"的那一年。联军入城,挨家搜索财物鸡鸭,我们被搜两次。母亲拉着哥哥与三姐坐在墙根,等着"鬼子"进门,街门是开着的。"鬼子"进门,一刺刀先把老黄狗刺死,而后入室搜索。他们走后,母亲把破衣箱搬起,才发现了我。假若箱子不空,我早就被压死了。皇上跑了，丈夫死了，鬼子来了，满城是血光火焰，可是母亲不怕，她要在刺刀下，饥荒中，保护着儿女。北平有多少变乱啊，有时候兵变了，街市整条的烧起，火团落在我们院中。有时候内战了，城门紧闭，铺店关门，昼夜响着枪炮。这惊恐，这紧张，再加上一家饮食的筹划，儿女安全的顾虑，岂是一个软弱的老寡妇所能受得起的？可是，在这种时候，母亲的心横起来，她不慌不哭，要从无办法中想出办法来。她的泪会往心中落！这点软而硬的个性，也传给了我。我对一切人与事，都取和平的态度，把吃亏看作当然的。但是，在作人上，我有一定的宗旨与基本的法则，什么事都可将就，而不能超过自己划好的界限。我怕见生人，怕办杂事，怕出头露面；但是到了非我去不可的时候，我便不得不去，正像我的母亲。从私塾到小学，到中学，我经历过起码有廿位教师吧，其中有给我很大影响的，也有毫无影响的，但是我的真正的教师，把性格传给我的，是我的母亲。母亲并不识字，她给我的是生命的教育。

当我在小学毕了业的时候，亲友一致的愿意我去学手艺，好帮助母亲。我晓得我应当去找饭吃，以减轻母亲的勤劳困苦。可是，我也愿意升学。我偷偷的考入了师范学校——制服，饭食，书籍，宿处，都由学校供给。只有这样，我才敢对母亲提升学的话。入学，要交十元的保证金。这是一笔巨款！母亲作了半个月的难，把这巨款筹到，而后含泪把我送出门去。她不辞劳苦，只要儿子有出息。当我由师范毕业，而被派为小学校校长，母亲与我都一夜不曾合眼。我只说了句：“以后，您可以歇一歇了！”她的回答只有一串串的眼泪。我入学之后，三姐结了婚。母亲对儿女是都一样疼爱的，但是假若她也有点偏爱的话，她应当偏爱三姐，因为自父亲死后，家中一切的事情都是母亲和三姐共同撑持的。三姐是母亲的右手。但是母亲知道这右手必须割去，她不能为自己的便利而耽误了女儿的青春。当花轿来到我们的破门外的时候，母亲的手就和冰一样的凉，脸上没有血色——那是阴历四月，天气很暖。大家都怕她晕过去。可是，她挣扎着，咬着嘴唇，手扶着门框，看花轿徐徐的走去。不久，姑母死了。三姐已出嫁，哥哥不在家，我又住学校，家中只剩母亲自己。她还须自晓至晚的操作，可是终日没人和她说一句话。新年到了，正赶上政府倡用阳历，不许过旧年。除夕，我请了两小时的假。由拥挤不堪的街市回到清炉冷灶的家中。母亲笑了。及至听说我还须回校，她楞住了。半天，她才叹出一口气来。到我该走的时候，她递给我一些花生，“去吧，小子！”街上是那么热闹，我却什么也没看见，泪遮迷了我的眼。今天，泪又遮住了我的眼，又想起当日孤独的过那凄惨的除夕的慈母。可是慈母不会再候盼着我了，她已入了土！

儿女的生命是不依顺着父母所设下的轨道一直前进的，所以老人总免不了伤心。我廿三岁，母亲要我结了婚，我不要。我请来三姐给我说情，老母含泪点了头。我爱母亲，但是我给了她最大的打击。时代使我成为逆子。廿七岁，我上了英国。为了自己，我给六十多岁的老母以第二次打击。在她七十大寿的那一天，我还远在异域。那天，据姐姐们后来告诉我，老太太只喝了两口酒，很早的便睡下。她想念她的幼子，而不便说出来。

七七抗战后，我由济南逃出来。北平又像庚子那年似的被鬼子占据了，可是母亲日夜惦念的幼子却跑西南来。母亲怎样想念我，我可以想象得到，可是我不能回去。每逢接到家信，我总不敢马上拆看，我怕，怕，怕，怕有那不祥的消息。人，即使活到八九十岁，有母亲便可以多少还有点孩子气。失了慈母便像花插在瓶子里，虽然还有色有香，却失去了根。有母亲的人，心里是安定的。我怕，怕，怕家信中带来不好的消息，告诉我已是失了根的花草。

去年一年，我在家信中找不到关于老母的起居情况。我疑虑，害怕。我想象得到，如有不幸，家中念我流亡孤苦，或不忍相告。母亲的生日是在九月，我在八月半写去祝寿的信，算计着会在寿日之前到达。信中嘱咐千万把寿日的详情写来，使我不再疑虑。十二月二十六日，由文化劳军的大会上回来，我接到家信。我不敢拆读。就寝前，我拆开信，母亲已去世一年了！

生命是母亲给我的。我之能长大成人，是母亲的血汗灌养的。我之能成为一个不十分坏的人，是母亲感化的。我的性格，习惯，是母亲传给的。她一世未曾享过一天福，临死还吃的是粗粮。唉！还说什么呢？心痛！心痛！

宗月大师

在我小的时候，我因家贫而身体很弱。我九岁才入学。因家贫体弱，母亲有时候想教我去上学，又怕我受人家的欺侮，更因交不上学费，所以一直到九岁我还不识一个字。说不定，我会一辈子也得不到读书的机会。因为母亲虽然知道读书的重要，可是每月间三四吊钱的学费，实在让她为难。母亲是最喜脸面的人。她迟疑不决，光阴又不等待着任何人，荒来荒去，我也许就长到十多岁了。一个十多岁的贫而不识字的孩子，很自然的去作个小买卖——弄个小筐，卖些花生、煮豌豆、或樱桃什么的。要不然就是去学徒。母亲很爱我，但是假若我能去作学徒，或提篮沿街卖樱桃而每天赚几百钱，她或者就不会坚决的反对。穷困比爱心更有力量。

有一天刘大叔偶然的来了。我说“偶然的”，因为他不常来看我们。他是个极富的人，尽管他心中并无贫富之别，可是他的财富使他终日不得闲，几乎没有工夫来看穷朋友。一进门，他看见了我。“孩子几岁了？上学没有？”他问我的母亲。他的声音是那么洪亮，（在酒后，他常以学喊俞振庭的《金钱豹》自傲）他的衣服是那么华丽，他的眼是那么亮，他的脸和手是那么白嫩肥胖，使我感到我大概是犯了什么罪。我们的小屋，破桌凳，土炕，几乎禁不住他的声音的震动。等我母亲回答完，刘大叔马上决定："明天早上我来，带他上学，学钱、书籍，大姐你都不必管！"我的心跳起多高，谁知道上学是怎么一回事呢！

第二天，我像一条不体面的小狗似的，随着这位阔人去入学。学校是一家改良私塾，在离我的家有半里多地的一座道士庙里。庙不甚大，而充满了各种气味：一进山门先有一股大烟味，紧跟着便是糖精味，（有一家熬制糖球糖块的作坊）再往里，是厕所味，与别的臭味。学校是在大殿里。大殿两旁的小屋住着道士，和道士的家眷。大殿里很黑、很冷。神像都用黄布挡着，供桌上摆着孔圣人的牌位。学生都面朝西坐着，一共有三十来人。西墙上有一块黑板——这是"改良"私塾。老师姓李，一位极死板而极有爱心的中年人。刘大叔和李老师"嚷"了一顿，而后教我拜圣人及老师。老师给了我一本《地球韵言》和一本《三字经》。我于是，就变成了学生。

自从作了学生以后，我时常的到刘大叔的家中去。他的宅子有两个大院子，院中几十间房屋都是出廊的。院后，还有一座相当大的花园。宅子的左右前后全是他的房屋，若是把那些房子齐齐的排起来，可以占半条大街。此外，他还有几处铺店。每逢我去，他必招呼我吃饭，或给我一些我没有看见过的点心。他绝不以我为一个苦孩子而冷淡我，他是阔大爷，但是他不以富傲人。

在我由私塾转入公立学校去的时候，刘大叔又来帮忙。这时候，他的财产已大半出了手。他是阔大爷，他只懂得花钱，而不知道计算。人们吃他，他甘心教他们吃；人们骗他，他付之一笑。他的财产有一部分是卖掉的，也有一部分是被人骗了去的。他不管；他的笑声照旧是洪亮的。

到我在中学毕业的时候，他已一贫如洗，什么财产也没有了，只剩了那个后花园。不过，在这个时候，假若他肯用用心思，去调整他的产业，他还能有办法教自己丰衣足食，因为他的好多财产是被人家骗了去的。可是，他不肯去请律师。贫与富在他心中是完全一样的。假若在这时候，他要是不再随便花钱，他至少可以保住那座花园，和城外的地产。可是，他好善。尽管他自己的儿女受着饥寒，尽管他自己受尽折磨，他还是去办贫儿学校，粥厂，等等慈善事业。他忘了自己。就是在这个时候，我和他过往的最密。他办贫儿学校，我去作义务教师。他施舍粮米，我去帮忙调查及散放。在我的心里，我很明白：放粮放钱不过只是延长贫民的受苦难的日期，而不足以阻拦住死亡。但是，看刘大叔那么热心，那么真诚，我就顾不得和他辩论，而只好也出点力了。即使我和他辩论，我也不会得胜，人情是往往能战败理智的。

在我出国以前，刘大叔的儿子死了。而后，他的花园也出了手。他入庙为僧，夫人与小姐入庵为尼。由他的性格来说，他似乎势必走入避世学禅的一途。但是由他的生活习惯上来说，大家总以为他不过能念念经，布施布施僧道而已，而绝对不会受戒出家。他居然出了家。在以前，他吃的是山珍海味，穿的是绫罗绸缎。他也嫖也赌。现在，他每日一餐，入秋还穿着件夏布道袍。这样苦修，他的脸上还是红红的，笑声还是洪亮的。对佛学，他有多么深的认识，我不敢说。我却真知道他是个好和尚，他知道一点便去作一点,能作一点便作一点。他的学问也许不高,但是他所知道的都能见诸实行。

出家以后,他不久就作了一座大寺的方丈。可是没有好久就被驱除出来。他是要作真和尚,所以他不惜变卖庙产去救济苦人。庙里不要这种方丈。一般的说,方丈的责任是要扩充庙产,而不是救苦救难的。离开大寺,他到一座没有任何产业的庙里作方丈。他自己既没有钱,他还须天天为僧众们找到斋吃。同时,他还举办粥厂等等慈善事业。他穷,他忙,他每日只进一顿简单的素餐,可是他的笑声还是那么洪亮。他的庙里不应佛事,赶到有人来请,他便领着僧众给人家去唪真经,不要报酬。他整天不在庙里,但是他并没忘了修持;他持戒越来越严,对经义也深有所获。他白天在各处筹钱办事,晚间在小室里作工夫。谁见到这位破和尚也不曾想到他曾是个在金子里长起来的阔大爷。

去年,有一天他正给一位圆寂了的和尚念经,他忽然闭上了眼,就坐化了。火葬后,人们在他的身上发现许多舍利。

没有他,我也许一辈子也不会入学读书。没有他,我也许永远想不起帮助别人有什么乐趣与意义。他是不是真的成了佛?我不知道。但是,我的确相信他的居心与言行是与佛相近似的。我在精神上物质上都受过他的好处,现在我的确愿意他真的成了佛,并且盼望他以佛心引领我向善,正像在三十五年前,他拉着我去入私塾那样!

他是宗月大师。

我的理想家庭

一个二十多岁的小伙子，讲恋爱，讲革命，讲志愿，似乎天地之间，唯我独尊，简直想不到组织家庭——结婚既是爱的坟墓，家庭根本上是英雄好汉的累赘。及至过了三十，革命成功与否，事情好歹不论，反正领略够了人情世故，壮气就差点事儿了。虽然明知家庭之累，等于投胎为马为牛，可是人生总不过如此，多少也都得经验一番，既不坚持独身，结婚倒也还容易。于是发帖子请客，笑着开驶倒车，苦乐容或相抵，反正至少凑个热闹。到了四十，儿女已有二三，贫也好富也好，自己认头苦曳，对于年轻的朋友已经有好些个事儿说不到一处，而劝告他们老老实实的结婚，好早生儿养女，即是话不投缘的一例。到了这个年纪，设若还有理想，必是理想的家庭。倒退二十年，连这么一想也觉泄气。人生的矛盾可笑即在于此，年轻力壮，力求事事出轨，决不甘为火车；及至中年，心理的，生理的，种种理的什么什么，都使他不但非作火车不可，且作货车焉。把当初与现在一比较，判若两人，足够自己笑半天的！或有例外，实不多见。

明年我就四十了，已具说理想家庭的资格：大不必吹，盖亦自嘲。

我的理想家庭要有七间小平房:一间是客厅,古玩字画全非必要,只要几张很舒服宽松的椅子,一二小桌。一间书房,书籍不少,不管什么头版与古本,而都是我所爱读的。一张书桌,桌面是中国漆的,放上热茶杯不至烫成个圆白印儿。文具不讲究,可是都很好用。桌上老有一两枝鲜花,插在小瓶里。两间卧室,我独据一间,没有臭虫,而有一张极大极软的床。在这个床上,横睡直睡都可以,不论怎睡都一躺下就舒服合适,好像陷在棉花堆里,一点也不硬碰骨头。还有一间,是预备给客人住的。此外是一间厨房,一个厕所,没有下房,因为根本不预备用仆人。家中不要电话,不要播音机,不要留声机,不要麻将牌,不要风扇,不要保险柜。缺乏的东西本来很多,不过这几项是故意不要的,有人白送给我也不要。

院子必须很大。靠墙有几株小果木树。除了一块长方的土地,平坦无草,足够打开太极拳的,其他的地方就都种着花草——没有一种珍贵费事的,只求昌茂多花。屋中至少有一只花猫,院中至少也有一两盆金鱼;小树上悬着小笼,二三绿蝈蝈随意地鸣着。

这就该说到人了。屋子不多,又不要仆人,人口自然不能很多:一妻和一儿一女就正合适。先生管擦地板与玻璃,打扫院子,收拾花木,给鱼换水,给蝈蝈一两块绿黄瓜或几个毛豆;并管上街送信买书等事宜。太太管做饭,女儿任助手——顶好是十二三岁,不准小也不准大,老是十二三岁。儿子顶好是三岁,既会讲话,又胖胖的会淘气。母女于做饭之外,就做点针线,看小弟弟。大件衣服拿到外边去洗,小件的随时自己涮一涮。

“我的理想家庭”

既然有这么多工作，自然就没有多少工夫去听戏看电影。不过在过生日的时候，全家就出去玩半天；接一位亲或友的老太太给看家。过生日什么的永远不请客受礼，亲友家送来的红白帖子，就一概扔在字纸篓里，除非那真需要帮助的，才送一些干礼去。到过节过年的时候，吃食从丰，而且可以买一通纸牌，大家打打“索儿胡”，赌铁蚕豆或花生米。

男的没有固定的职业；只是每天写点诗或小说，每千字卖上四五十元钱。女的也没事做，除了家务就读些书。儿女永不上学，由父母教给画图，唱歌，跳舞——乱蹦也算一种舞法——和文字，手工之类。等到他们长大，或者也会仗着绘画或写文章卖一点钱吃饭；不过这是后话，顶好暂且不提。

这一家子人，因为吃得简单干净，而一天到晚又不闲着，所以身体都很不坏。因为身体好，所以没有肝火，大家都不爱闹脾气。除了为小猫上房，金鱼甩子等事着急之外，谁也不急吡白脸的。

大家的相貌也都很体面,不令人望而生厌。衣服可并不讲究,都做得很结实朴素:永远不穿又臭又硬的皮鞋。男的很体面,可不露电影明星气;女的很健美,可不红唇卷毛的鼻子朝着天。孩子们都不卷着舌头说话,淘气而不讨厌。

这个家庭顶好是在北平,其次是成都或青岛,至坏也得在苏州。无论怎样吧,反正必须在中国,因为中国是顶文明顶平安的国家;理想的家庭必在理想的国内也。

有了小孩以后

艺术家应以艺术为妻,实际上就是当一辈子光棍儿。在下闲暇无事,往往写些小说,虽一回还没自居过文艺家,却也感觉到家庭的累赘。每逢困于油盐酱醋的灾难中,就想到独人一身,自己吃饱便天下太平,岂不妙哉。

家庭之累,大半由儿女造成。先不用提教养的花费,只就淘气哭闹而言,已足使人心慌意乱。小女三岁,专会等我不在屋中,在我的稿子上画圈拉杠,且美其名曰"小济会写字"!把人要气没了脉,她到底还是有理!再不然,我刚想起一句好的,在脑中盘旋,自信足以愧死莎士比亚,假若能写出来的话。当是时也,小济拉拉我的肘,低声说:"上公园看猴?"于是我至今还未成莎士比亚。小儿一岁整,还不会"写字",也不晓得去看猴,但善亲亲,闭眼,张口展览上下四个小牙。我若没事,请求他闭眼,露牙,小胖子总会东指西指的打岔。赶到我拿起笔来,他那一套全来了,不但亲脸,闭眼,还"指"令我也得表演这几招。有什么办法呢?!

这还算好的。赶到小济午后不睡,按着也不睡,那才难办。

到这么四点来钟吧，她的困闹开始，到五点钟我已没有人味。什么也不对，连公园的猴都变成了臭的，而且猴之所以臭，也应当由我负责。小胖子也有这种困而不睡的时候，大概多数是与小济同时发难。两位小醉鬼一齐找毛病，我就是诸葛亮恐怕也得唱空城计，一点办法没有！在这种干等束手被擒的时候，偏偏会来一两封快信——催稿子！我也只好闹脾气了。不大一会儿，把太太也闹急了，一家大小四口，都成了醉鬼，其热闹至为惊人。大人声言离婚，小孩怎说怎不是，于离婚的争辩中瞎打混。一直到七点后，二位小天使已困得动不的，离婚的宣言才无形的撤销。这还算好的。遇上小胖子出牙，那才真教厉害，不但白天没有情理，夜里还得上夜班。一会儿一醒，若被针扎了似的惊啼，他出牙，谁也不用打算睡。他的牙出利落了，大家全成了红眼虎。

不过，这一点也不妨碍家庭中爱的发展，人生的巧妙似乎就在这里。记得 Frank Harris 仿佛有过这么点记载：他说王尔德为那件不名誉的案子过堂被审，一开头他侃侃而谈，语多幽默。及至原告提出几个男妓作证人，王尔德没了脉，非失败不可了。Harris 以为王尔德必会说："我是个戏剧家，为观察人生，什么样的人都当交往。假若我不和这些人接触，我从哪里去找戏剧中的人物呢？"可是，王尔德竟自没这么答辩，官司就算输了！

把王尔德且放在一边；艺术家得多去经验，Harris 的意见，假若不是特为王尔德而发的，的确是不错。连家庭之累也是如此。还拿小孩们说吧——这才来到正题——爱他们吧，嫌他们吧，无论怎说，也是极可宝贵的经验。

在没有小孩的时候，一个人的世界还是未曾发现美洲的时候的。小孩是科仑布，把人带到新大陆去。这个新大陆并不很远，就在熟习的街道上和家里。你看，街市上给我预备的，在没有小孩的时候，似乎只有理发馆，饭铺，书店，邮政局等。我想不出婴儿医院，糖食店，玩具铺等等的意义。连药房里的许许多多婴儿用的药和粉，报纸上婴儿自己药片的广告，百货店里的小袜子小鞋，都显着多此一举，劳而无功。及至小天使自天飞降，我的眼睛似乎戴上了一双放大镜，街市依然那样，跟我有关系的东西可是不知增加了多少倍！婴儿医院不但挂着牌子，敢情里边还有医生呢。不但有医生，还是挺神气，一点也得罪不得。拿着医生所给的神符，到药房去，敢情那些小瓶子小罐都有作用。不但要买瓶子里的白汁黄面和各色的药饼，还得买瓶子罐子，轧粉的钵，量奶的漏斗，乳头，卫生尿布，玩艺多多了！百货店里那些小衣帽，小家具，也都有了意义；原先以为多此一举的东西，如今都成了非它不行；有时候铺中缺乏了我所要的那一件小物品，我还大有看不起他们的意思：既是百货店，怎能不预备这件东西呢?！慢慢的，全街上的铺子，除了金店与古玩铺，都有了我的足迹；连当铺也走得怪熟。铺中人也渐渐熟识了，甚至可以随便闲谈，以小孩为中心，谈得颇有味儿。伙计们，掌柜们，原来不仅是站柜作买卖，家中还有小孩呢！有的铺子，竟自敢允许我欠账，仿佛一有了小孩，我的人格也好了些，能被人信任。三节的账条来得很踊跃，使我明白了过节过年的时候怎样出汗。

小孩使世界扩大，使隐藏着的东西都显露出来。非有小孩不能明白这个。看着别人家的孩子，肥肥胖胖，整整齐齐，你总觉得小孩们理应如此，一生下来就戴着小帽，穿着小袄，好像小雏鸡生下来就披着一身黄绒似的。赶到自己有了小孩，才能晓得事情并不这么简单。一个小娃娃身上穿戴着全世界的工商业所能供给的,给全家人以一切啼笑爱怨的经验,小孩的确是位小活神仙!

有了小活神仙,家里才会热闹。窗台上,我一向认为是摆花的地方。夏天呢,开着窗,风儿轻轻吹动花与叶,屋中一阵阵的清香。冬天呢,阳光射到花上,使全屋中有些颜色与生气。后来,有了小孩,那些花盆很神秘的都不见了,窗台上满是瓶子罐子,数不清有多少。尿布有时候上了写字台,奶瓶倒在书架上。大扫除才有了意义,是的,到时候非痛痛快快的收拾一顿不可了,要不然东西就有把人埋起来的危险。上次大扫除的时候,我由床底下找到了但丁的《神曲》。不知道这老家伙干吗在那里藏着玩呢!

人的数目也增多了,而且有很多问题。在没有小孩的时候,用一个仆人就够了,现在至少得用俩。以前,仆人"拿糖",满可以暂时不用;没人作饭,就外边去吃,谁也不用拿捏谁。有了小孩,这点豪气乘早收起去。三天没人洗尿布,屋里就不要再进来人。牛奶等项是非有人管理不可,有儿方知卫生难,奶瓶子一天就得烫五六次;没仆人简直不行! 有仆人就得捣乱,没办法!

好多没办法的事都得马上有办法,小孩子不会等着"国联"慢慢解决儿童问题。这就长了经验。半夜里去买药,药铺的门上原来有个小口,可以交钱拿药,早先我就不晓得这一招。西药房里敢情也打价钱,不等他开口,我就提出:"还是四毛五?"这个"还是"使我省五分钱,而且落个行家。这又是一招。找老妈子有作坊,当票儿到期还可以入利延期,也都被我学会。没功夫细想,大概自从有了儿女以后,我所得的经验至少比一张大学文凭所能给我的多着许多。大学文凭是由课本里掏出来的,现在我却念着一本活书,没有头儿。

连我自己的身体现在都会变形,经小孩们的指挥,我得去装马装牛,还须装得像个样儿。不但装牛像牛,我也学会牛的忍性,小胖子觉得"开步走"有意思,我就得百走不厌;只作一回,绝对不行。多咱他改了主意,多咱我才能"立正"。在这里,我体验出母性的伟大,觉得打老婆的人们满该下狱。

中秋节前来了个老道,不要米,不要钱,只问有小孩没有?看见了小胖子,老道高了兴,说十四那天早晨须给小胖子左腕上系一根红线。备清水一碗,烧高香三炷,必能消灾除难。右邻家的老太太也出来看,老道问她有小孩没有,她惨淡的摇了摇头。到了十四那天,倒是这位老太太的提醒,小胖子的左腕上才拴了一圈红线。小孩子征服了老道与邻家老太太。一看胖手腕的红线,我觉得比写完一本伟大的作品还骄傲,于是上街买了两尊兔子王,感到老道,红线,兔子王,都有绝大的意义!

英国人与猫狗

在英国伦敦大学任教时的老舍

英 国 人

据我看，一个人即使承认英国人民有许多好处，大概也不会因为这个而乐意和他们交朋友。自然，一个有金钱与地位的人，走到哪里也会受欢迎；不过，在英国也比在别国多些限制。比如以地位说吧，假如一个作讲师或助教的，要是到了德国或法国，一定会有些人称呼他“教授”。不管是出于诚心吧，还是捧场；反正这是承认教师有相当的地位，是很显然的，在英国，除非他真正是位教授，绝不会有人来招呼他。而且，这位教授假若不是牛津或剑桥的，也就还差点劲儿。贵族也是如此，似乎只有英国国产贵族才能算数儿。

至于一个平常人，尽管在伦敦或其他的地方住上十年八载，也未必能交上一个朋友。是的，我们必须先交代明白，在资本主义的社会里，大家一天到晚为生活而奔忙，实在找不出闲工夫去交朋友；欧西各国都是如此，英国并非例外。不过，即使我们承认这个，可是英国人还有些特别的地方，使他们更难接近。一个法国人见着个生人，能够非常的亲热，越是因为这个生人的法国话讲得不好，他才越愿指导他。英国人呢，他以为天下没有会讲英语的，除了他们自己，他干脆不愿答理一个生人。一个英国人想不到一个生人可以不明白英国的规矩，而是一见到生人说话行动有不对的地方，马上认为这个人是野蛮，不屑于再招呼他。英国的规矩又偏偏是那么多！他不能想象到别人可以没有这些规矩，而另有一套；不，英国的是一切；设若别处没有那么多的雾，那根本不能算作真正的天气！

除了规矩而外，英国人还有好多不许说的事：家中的事，个人的职业与收入，通通不许说，除非彼此是极亲近的人。一个住在英国的客人，第一要学会那套规矩，第二要别乱打听事儿，第三别谈政治，那么，大家只好谈天气了，而天气又是那么不得人心。自然，英国人很有的说，假若他愿意：他可以讲论赛马、足球、养狗、高尔夫球等等；可是咱又许不大晓得这些事儿。结果呢，只好对楞着。对了，还有宗教呢，这也最好不谈。每个英国人有他自己开阔的到天堂之路，乘早儿不用惹麻烦。连书籍最好也不谈，一般的说，英国人的读书能力与兴趣远不及法国人。能念几本书的差不多就得属于中等阶级，自然我们所愿与谈论书籍的至少是这路人。这路人比谁的成见都大，那么与他们闲话书籍也是自找无趣的事。多数的中等人拿读书——自然是指小说了——当作一种自己生活理想的佐证。一个普通的少女，长得有个模样，嫁了个驶汽车的；在结婚之夕才证实了，他原来是个贵族，而且承袭了楼上有鬼的旧宫，专是壁上的挂图就值多少百万！读惯这种书的，当然很难想到别的事儿，与他们谈论书籍和捣乱大概没有什么分别。中上的人自然有些识见了，可是很难遇到啊。况且有些识见的英国人，根本在英国就不大被人看得起；他们连拜伦，雪莱，和王尔德还都逐出国外去，我们想跟这样人交朋友——即使有机会——无疑的也会被看作成怪物的。

我真想不出，彼此不能交谈，怎能成为朋友。自然，也许有人说：不常交谈，那么遇到有事需要彼此的帮忙，便丁对丁，卯对卯的去办好了；彼此有了这样干脆了当的交涉与接触，也能成为朋友，不是吗？是的，求人帮助是必不可免的事，就是在英国也是如是；不过英国人的脾气还是以能不求人为最好。他们的脾气即是这样，他们不求你，你也就不好意思求他了。多数的英国人愿当鲁滨孙，万事不求人。于是他们对别人也就不愿多伸手管事。况且，他们即使愿意帮忙你，他们是那样的沉默简单，事情是给你办了，可是交情仍然谈不到。当一个英国人答应了你办一件事，他必定给你办到。可是，跟他上火车一样，非到车已要开了，他不露面。你别去催他，他有他的稳当劲儿。等办完了事，他还是不理你，直等到你去谢谢他，他才微笑一笑。到底还是交不上朋友，无论你怎样上前巴结。假若你一个劲儿奉承他或讨他的好，他也许告诉你："请少来吧，我忙！"这自然不是说，英国就没有一个和气的人。不，绝不是。一个和气的英国人可以说是最有礼貌，最有心路，最体面的人。不过，他的好处只能使你钦佩他，他有好些地方使人不便和他套交情。他的礼貌与体面是一种武器，使人不敢离他太近了。就是顶和气的英国人，也比别人端庄的多；他不喜欢法国式的亲热——你可以看见两个法国男人互吻，可是很少见一个英国人把手放在另一个英国人的肩上，或搂着脖儿。两个很要好的女友在一块儿吃饭，设若有一个因为点儿原故而想把自己的菜让给友人一点，你必会听到那个女友说："这不是羞辱我吗？"男人就根本不办这样的傻事。是呀,男人对于让酒让烟是极普遍的事,可是只限于烟酒,他们不会肥马轻裘与友共之。

这样讲,好像英国人太别扭了。别扭,不错;可是他们也有好处。你可以永远不与他们交朋友,但你不能不佩服他们。事情都是两面的。英国人不愿轻易替别人出力,他可也不来讨厌你呀。他的确非常高傲,可是你要是也沉住了气,他便要佩服你。一般的说,英国人很正直。他们并不因为自傲而蛮不讲理。对于一个英国人,你要先估量估量他的身分,再看看你自己的价值,他要是像块石头,你顶好像块大理石;硬碰硬,而你比他更硬。他会承认他的弱点。他能够很体谅人,很大方,但是他不愿露出来;你对他也顶好这样。设若你准知道他要向灯,你就顶好也先向灯,他自然会向火;他喜欢表示自己有独立的意见。他的意见可老是意见,假若你说得有理,到办事的时候他会牺牲自己的意见,而应怎么办就怎么办。你必须知道,他的态度虽是那么沉默孤高,像有心事的老驴似的,可是他心中很能幽默一气。他不轻易向人表示亲热,可也不轻易生气,到他说不过你的时候,他会以一笑了之。这点幽默劲儿使英国人几乎成为可爱的了。他没火气,他不吹牛,虽然他很自傲自尊。

所以,假若英国人成不了你的朋友,他们可是很好相处。他们该办什么就办什么,不必你去套交情;他们不因私交而改变作事该有的态度。他们的自傲使他们对人冷淡,可是也使他们自重。他们的正直使他们对人不客气,可也使他们对事认真。你不能拿他当作吃喝不分的朋友,可是一定能拿他当个很好的公民或办事人。就是他的幽默也不低级讨厌,幽默助成他作个贞脱儿曼,不是弄鬼脸逗笑。他并不老实,可是他大方。

他们不爱着急,所以也不好讲理想。胖子不是一口吃起来的,乌托邦也不是一步就走到的。往坏了说,他们只顾眼前;往好里说,他们不乌烟瘴气。他们不爱听世界大同,四海兄弟,或那顶大顶大的计划。他们愿一步一步慢慢的走,走到哪里算哪里。成功呢,好;失败呢,再干。英国兵不怕打败仗。英国的一切都好像是在那儿敷衍呢,可是他们在各种事业上并不是不求进步。这种骑马找马的办法常常使人以为他们是狡猾,或守旧;狡猾容或有之,守旧也是真的,可是英国人不在乎,他有他的主意。他深信常识是最可宝贵的,慢慢走着瞧吧。萧伯纳可以把他们骂得狗血喷头,可是他们会说:“他是爱尔兰的呀!”他们会随着萧伯纳笑他们自己,但他们到底是他们——萧伯纳连一点办法也没有!

这些,可只是个简单的,大概的,一点由观察得来的印象。一般的说,也许大致不错;应用到某一种或某一个英国人身上,必定有许多欠妥当的地方。概括的论断总是免不了危险的。

我的几个房东

——留英回忆之二

初到伦敦，经艾温士教授的介绍，住在了离“城”有十多英里的一个人家里。房主人是两位老姑娘。大姑娘有点傻气，腿上常闹湿气，所以身心都不大有用。家务统由妹妹操持，她勤苦诚实，且受过相当的教育。

她们的父亲是开面包房的，死后，把面包房给了儿子，给二女一人一处小房子。她们卖出一所，把钱存在银行生息。其余的一所，就由她们合住。妹妹本可以去作，也真作过，家庭教师。可是因为姐姐需人照管，所以不出去作事，而把楼上的两间屋子租给单身的男人，进些租金。这给妹妹许多工作，她得给大家作早餐晚饭，得上街买东西，得收拾房间，得给大家洗小衣裳，得记账。这些，已足使任何一个女子累得喘不过气来。可是她于这些工作外，还得答复朋友的信，读一两段圣经，和作些针线。

她这种勤苦忠诚，倒还不是我所佩服的。我真佩服她那点独立的精神。她的哥开着面包房，到圣诞节才送给妹妹一块大鸡蛋糕！她决不去求他的帮助，就是对那一块大鸡蛋糕，她也马上还礼，送给她哥一点有用的小物件。当我快回国时去看她，她的背已很弯，发也有些白的了。

自然，这种独立的精神是由资本主义的社会制度逼出来的，可是，我到底不能不佩服她。

在她那里住过一冬，我搬到伦敦的西部去。这回是与一个叫艾支顿的合租一层楼。所以事实上我所要说的是这个艾支顿——称他为二房东都勉强一些——而不是真正的房东。我与他一气在那里住了三年。

这个人的父亲是牧师，他自己可不信宗教。当他很年轻的时候，他和一个女子由家中逃出来，在伦敦结了婚，生了三四个小孩。他有相当的聪明，好读书。专就文字方面上说，他会拉丁文，希腊文，德文，法文，程度都不坏。英文，他写得非常的漂亮。他作过一两本讲教育的书，即使内容上不怎样，他的文字之美是公认的事实。我愿意同他住在一起，差不多是为学些地道好英文。在大战时，他去投军。因为心脏弱，报不上名。他硬挤了进去。见到了军官，凭他的谈吐与学识，自然不会被叉去帐外。一来二去，他升到中校，差不多等于中国的旅长了。

战后，他拿了一笔不小的遣散费，回到伦敦，重整旧业，他又去教书。为充实学识，还到过维也纳听弗洛衣德的心理学。后来就在牛津的补习学校教书。这个学校是为工人们预备的，仿佛有点像国内的暑期学校，不过目的不在补习升学的功课。作这种学校的教员，自然没有什么地位，可是实利上并不坏：一年只作半年的事，薪水也并不很低。这个，大概是他的黄金“时代”。以身份言，中校；以学识言，有著作；以生活言，有个清闲舒服的事情。

也正是在这个时候，他和一位美国女子发生了恋爱。她出自名家，有硕士的学位。来伦敦游玩，遇上了他。她的学识正好补足他的，她是学经济的；他在补习学校演讲关于经济的问题，她就给他预备稿子。

他的夫人告了。离婚案刚一提到法厅，补习学校便免了他的职。这种案子在牛津与剑桥还是闹不得的！离婚案成立，他得到自由，但须按月供给夫人一些钱。

在我遇到他的时候，他正极狼狈。自己没有事，除了夫妇的花销，还得供给原配。幸而硕士找到了事，两份儿家都由她支持着。他空有学问，找不到事。可是两家的感情渐渐的改善，两位夫人见了面，他每月给第一位夫人送钱也是亲自去，他的女儿也肯来找他。这个，可救不了穷。穷，他还很会花钱。作过几年军官，他挥霍惯了。钱一到他手里便不会老实。他爱买书，爱吸好烟，有时候还得喝一盅。我在东方学院遇见了他，他到那里学华语；不知他怎么弄到手里几镑钱。便出了这个主意。见到我，他说彼此交换知识，我多教他些中文，他教我些英文，岂不甚好？为学习的方便，顶好是住在一处，假若我出房钱，他就供给我饭食。我点了头，他便找了房。

艾支顿夫人真可怜。她早晨起来，便得作好早饭。吃完，她急忙去作工，拚命的追公共汽车；永远不等车站稳就跳上去，有时把腿碰得紫里蒿青。五点下工，又得给我们作晚饭。她的烹调本事不算高明，我俩一有点不爱吃的表示，她便立刻泪在眼眶里转。有时候，艾支顿卖了一本旧书或一张画，手中攥着点钱，笑着请我们出去吃一顿。有时候我看她太疲乏了，就请他俩吃顿中国饭。在这种时节，她喜欢得像小孩子似的。

他的朋友多数和他的情形差不多。我还记得几位:有一位是个年轻的工人,谈吐很好,可是时常失业,一点也不是他的错儿,怎奈工厂时开时闭。他自然的是个社会主义者,每逢来看艾支顿,他俩便粗着脖子红着脸的争辩。艾支顿也很有口才,不过与其说他是为政治主张而争辩,还不如说是为争辩而争辩。还有一位小老头也常来,他顶可爱。德文,意大利文,西班牙文,他都能读能写能讲,但是找不到事作;闲着没事,他只为一家磁砖厂吆喝买卖,拿一点扣头。另一位老者,常上我们这一带来给人家擦玻璃,也是我们的朋友。这个老头是位博士。赶上我们在家,他便一边擦着玻璃,一边和我们讨论文学与哲学。孔子的哲学,泰戈尔的诗,他都读过,不用说西方的作家了。

只提这么三位吧,在他们的身上使我感到工商资本主义的社会的崩溃与罪恶。他们都有知识,有能力,可是被那个社会制度捆住了手,使他们抓不到面包。成千论万的人是这样,而且有远不及他们三个的!找个事情真比登天还难!

艾支顿一直闲了三年。我们那层楼的租约是三年为限。住满了,房东要加租,我们就分离开,因为再找那样便宜,和恰好够三个人住的房子,是大不容易的。虽然不在一块儿住了,可是还时常见面。艾支顿只要手里有够看电影的钱,便立刻打电话请我去看电影。即使一个礼拜,他的手中彻底的空空如也,他也会约我到家里去吃一顿饭。自然,我去的时候也老给他们买些东西。这一点上,他不像普通的英国人,他好请朋友,也很坦然的接受朋友的约请与馈赠。有许多地方,他都带出点浪漫劲儿,但他到底是个英国人,不能完全放弃绅士的气派。

直到我回国的时际,他才找到了事——在一家大书局里作顾问,荐举大陆上与美国的书籍,经书局核准,他再找人去翻译或——若是美国的书——出英国版。我离开英国后,听说他已被那个书局聘为编辑员。

离开他们夫妇,我住了半年的公寓,不便细说;房东与房客除了交租金时见一面,没有一点别的关系。在公寓里,晚饭得出去吃,既费钱,又麻烦,所以我又去找房间。这回是在伦敦南部找到一间房子,房东是老夫妇,带着个女儿。

这个老头儿——达尔曼先生——是干什么的,至今我还不清楚。一来我只在那儿住了半年,二来英国人不喜欢谈私事,三来达尔曼先生不爱说话,所以我始终没得机会打听。偶尔由老夫妇谈话中听到一两句,仿佛他是木器行的,专给人家设计作家具。他身边常带着尺。但是我不敢说肯定的话。

半年的工夫,我听熟了他三段话——他不大爱说话,但是一高兴就离不开这三段,像留声机片似的,永远不改。第一段是贵族巴来,由非洲弄来的钻石,一小铁筒一小铁筒的！每一块上都有个记号！第二段是他作过两次陪审员,非常的光荣！第三段是大战时,一个伤兵没能给一个军官行礼,被军官打了一拳。及至看明了那是个伤兵,军官跑得比兔子还快;不然的话,非教街上的给打死不可！

除了这三段而外,假若他还有什么说的,便是重述《晨报》上的消息与意见。凡是《晨报》所说的都对！

这个老头儿是地道英国的小市民,有房,有点积蓄,勤苦,干净,什么也不知道,只晓得自己的工作是神圣的,英国人是世界上最好的人。

达尔曼太太是女性的达尔曼先生,她的意见不但得自《晨报》,而且是由达尔曼先生口中念出的那几段《晨报》,她没工夫自己去看报。

达尔曼姑娘只看《晨报》上的广告。有一回,或者是因为看我老拿着本书,她向我借一本小说。随手的我给了她一本威尔思的幽默故事。念了一段,她的脸都气紫了!我赶紧出去在报摊上给她找了本六个便士的罗曼司,内容大概是一个女招待嫁了个男招待,后来才发现这个男招待是位伯爵的承继人。这本小书使她对我又有了笑脸。

她没事作,所以在分类广告上登了一小段广告——教授跳舞。她的技术如何,我不晓得,不过她声明愿减收半费教给我的时候,我没出声。把知识变成金钱,是她,和一切小市民的格言。

她有点苦闷,没有男朋友约她出去玩耍,往往吃完晚饭便假装头疼,跑到楼上去睡觉。婚姻问题在那经济不景气的国度里,真是个没法办的问题。我看她恐怕要窝在家里!"房东太太的女儿"往往成为留学生的夫人,这是留什么外史一类小说的好材料;其实,里面的意义并不止是留学生的荒唐呀。

东方学院

从一九二四的秋天，到一九二九的夏天，我一直的在伦敦住了五年。除了暑假寒假和春假中，我有时候离开伦敦几天，到乡间或别的城市去游玩，其余的时间就都销磨在这个大城里。我的工作不许我到别处去，就是在假期里，我还有时候得到学校去。我的钱也不许我随意的去到各处跑，英国的旅馆与火车票价都不很便宜。

我工作的地方是东方学院，伦敦大学的各学院之一。这里，教授远东近东和非洲的一切语言文字。重要的语言都成为独立的学系，如中国语，阿拉伯语等；在语言之外还讲授文学哲学什么的。次要的语言，就只设一个固定的讲师，不成学系，如日本语；假如有人要特意的请求讲授日本的文学或哲学等，也就由这个讲师包办。不甚重要的语言，便连固定的讲师也不设，而是有了学生再临时去请教员，按钟点计算报酬。譬如有人要学蒙古语文或非洲的非英属的某地语文，便是这么办。自然，这里所谓的重要与不重要，是多少与英国的政治，军事，商业等相关联的。

在学系里，大概的都是有一位教授，和两位讲师。教授差不多全是英国人;两位讲师总是一个英国人,和一个外国人——这就是说,中国语文系有一位中国讲师,阿拉伯语文系有一位阿拉伯人作讲师。这是三位固定的教员,其余的多是临时请来的,比如中国语文系里,有时候于固定的讲师外,还有好几位临时的教员,假若赶到有学生要学中国某一种方言的话;这系里的教授与固定讲师都是说官话的,那么要是有人想学厦门话或绍兴话,就非去临时请人来教不可。

这里的教授也就是伦敦大学的教授。这里的讲师可不都是伦敦大学的讲师。以我自己说,我的聘书是东方学院发的,所以我只算学院里的讲师,和大学不发生关系。那些英国讲师多数的是大学的讲师,这倒不一定是因为英国讲师的学问怎样的好,而是一种资格问题:有了大学讲师的资格,他们好有升格的希望,由讲师而副教授而教授。教授既全是英国人,如前面所说过的,那么外国人得到了大学的讲师资格也没有多大用处。况且有许多部分,根本不成为学系,没有教授,自然得到大学讲师的资格也不会有什么发展。在这里,看出英国人的偏见来。以梵文,古希伯来文,阿拉伯文等说,英国的人才并不弱于大陆上的各国;至于远东语文与学术的研究,英国显然的追不上德国或法国。设若英国人愿意,他们很可以用较低的薪水去到德法等国聘请较好的教授。可是他们不肯。他们的教授必须是英国人,不管学问怎样。就我所知道的,这个学院里的中国语文学系的教授,还没有一位真正有点学问的。这在学术上是吃了亏,可是英国人自有英国人的办法,决不会听别人的。幸而呢,别的学系真有几位好的教授与讲师,好歹一背拉,这个学院的教员大致的还算说得过去。况且,于各系的主任教授而外,还有几位学者来讲专门的学问,像印度的古代律法,巴比仑的古代美术等等,把这学院的声价也提高了不少。在这些教员之外,另有位音韵学专家,教给一切学生以发音与辨音的训练与技巧,以增加学习语言的效率。这倒是个很好的办法。

大概的说,此处的教授们并不像牛津或剑桥的教授们那样只每年给学生们一个有系统的讲演,而是每天与讲师们一样的教功课。这就必须说一说此处的学生了。到这里来的学生,几乎没有任何的限制。以年龄说,有的是七十岁的老夫或老太婆,有的是十几岁的小男孩或女孩。只要交上学费,便能入学。于是,一人学一样,很少有两个学生恰巧学一样东西的。拿中国语文系说吧,当我在那儿的时候,学生中就有两位七十多岁的老人:一位老人是专学中国字,不大管它们都念作什么,所以他指定要英国的讲师教他。另一位老人指定要跟我学,因为他非常注重发音;他对语言很有研究,古希腊,拉丁,希伯来,他都会,到七十多岁了,他要听听华语是什么味儿;学了些日子华语,他又选上了日语。这两个老人都很用功,头发虽白,心却不笨。这一对老人而外,还有许多学生:有的学言语,有的念书,有的要在伦敦大学得学位而来预备论文,有的念元曲,有的念《汉书》,有的是要往中国去,所以先来学几句话,有的是已在中国住过十年八年而想深造……总而言之,他们学的功课不同,程度不同,上课的时间不同,所要的教师也不同。这样,一个人一班,教授与两个讲师便一天忙到晚了。这些学生中最小的一个才十二岁。

因此,教授与讲师都没法开一定的课程,而是兵来将挡,学生要学什么,他们就得教什么;学院当局最怕教师们说:“这我可教不了。”于是,教授与讲师就很不易当。还拿中国语文系说吧，有一回，一个英国医生要求教他点中国医学。我不肯教，教授也瞪了眼。结果呢，还是由教授和他对付了一个学期。我很佩服教授这点对付劲儿；我也准知道，假若他不肯敷衍这个医生，大概院长那儿就更难对付。由这一点来说，我很喜欢这个学院的办法，来者不拒，一人一班，完全听学生的。不过，要这样办，教员可得真多，一系里只有两三个人，而想使个个学生满意，是作不到的。

成班上课的也有：军人与银行里的练习生。军人有时候一来就是一拨儿，这一拨儿分成几组，三个学中文，两个学日文，四个学土耳其文……既是同时来的，所以可以成班。这是最好的学生。他们都是小军官，又差不多都是世家出身，所以很有规矩，而且很用功。他们学会了一种语言，不管用得着与否，只要考试及格，在饷银上就有好处。据说会一种语言的，可以每年多关一百镑钱。他们在英国学一年中文，然后就可以派到中国来。到了中国，他们继续用功，而后回到英国受试验。试验及格便加薪俸了。我帮助考过他们，考题很不容易，言语，要能和中国人说话；文字，要能读大报纸上的社论与新闻，和能将中国的操典与公文译成英文。学中文的如是，学别种语文的也如是。厉害！英国的秘密侦探是著名的，军队中就有这么多，这么好的人才呀：和哪一国交战，他们就有会哪一国言语文字的军官。我认得一个年轻的军官，他已考及格过四种言语的初级试验，才二十三岁！想打倒帝国主义么，啊，得先充实自己的学问与知识，否则喊哑了嗓子只有自己难受而已。

最坏的学生是银行的练习生们。这些都是中等人家的子弟——不然也进不到银行去——可是没有军人那样的规矩与纪律,他们来学语言,只为马马虎虎混个资格,考试一过,马上就把“你有钱,我吃饭”忘掉。考试及格,他们就有被调用到东方来的希望,只是希望,并不保准。即使真被派遣到东方来,如新加坡,香港,上海,等处,他们早知道满可以不说一句东方语言而把事全办了。他们是来到这个学院预备资格,不是预备言语,所以不好好的学习。教员们都不喜欢教他们,他们也看不起教员,特别是外国教员。没有比英国中等人家的二十上下岁的少年再讨厌的了,他们有英国人一切的讨厌,而英国人所有的好处他们还没有学到,因为他们是正在刚要由孩子变成大人的时候,所以比大人更讨厌。

班次这么多,功课这么复杂,不能不算是累活了。可是有一样好处:他们排功课表总设法使每个教员空闲半天。星期六下午照例没有课,再加上每周当中休息半天,合起来每一星期就有两天的休息。再说呢,一年分为三学期,每学期只上十个星期的课,一年倒可以有五个月的假日,还算不坏。不过,假期中可还有学生愿意上课;学生愿意,先生自然也得愿意,所以我不能在假期中一气离开伦敦许多天。这可也有好处,假期中上课,学费便归先生要。

学院里有个很不错的图书馆,专藏关于东方学术的书籍,楼上还有些中国书。学生在上课前,下课后,不是在休息室里,便是到图书馆去,因为此外别无去处。这里没有运动场等等的设备,学生们只好到图书馆去看书,或在休息室里吸烟,没别的事可作。学生既多数的是一人一班,而且上课的时间不同,所以不会有什么团体与运动。每一学期至多也不过有一次茶话会而已。这个会总是在图书馆里开,全校的人都被约请。没有演说,没有任何仪式，只有茶点，随意的吃。在开这个会的时候，学生才有彼此接谈的机会，老幼男女聚在一处，一边吃茶一边谈话。这才看出来，学生并不少；平日一个人一班，此刻才看到成群的学生。

假期内，学院里清静极了，只有图书馆还开着，读书的人可也并不甚多。我的《老张的哲学》，《赵子曰》，与《二马》，大部分是在这里写的，因为这里清静啊。那时候，学院是在伦敦城里。四外有好几个火车站，按说必定很乱，可是在学院里并听不到什么声音。图书馆靠街，可是正对着一块空地，有些花木，像个小公园。读完了书，到这个小公园去坐一下，倒也方便。现在，据说这个学院已搬到大学里去，图书馆与课室——一个友人来信这么说——相距很远，所以馆里更清静了。哼，希望多咱有机会再到伦敦去，再在这图书馆里写上两本小说！

英国人与猫狗

英国人爱花草,爱猫狗。由一个中国人看呢,爱花草是理之当然,自要有钱有闲,种些花草几乎可与藏些图书相提并论,都是可以用“雅”字去形容的事。就是无钱无闲的,到了春天也免不花掉几个铜板买上一两小盆蝴蝶花什么的,或者把白菜脑袋塞在土中,到时候也会开上几朵小十字花儿。在诗里,赞美花草的地方要比谀颂美人的地方多得多,而梅兰竹菊等等都有一定的品格,仿佛比人还高洁可爱可敬,有点近乎一种什么神明似的。在通俗的文艺里,讲到花神的地方也很不少,爱花的人每每在死后就被花仙迎到天上的植物园去。这点荒唐,荒唐得很可爱。虽然里边还是含着与敬财神就得元宝一样的实利念头,可到底显着另有股子劲儿,和财迷大有不同;我自己就不反对被花娘娘们接到天上去玩玩。

所以,看见英国人的爱花草,我们并不觉得奇怪,反倒是觉得有点惭愧,他们的花是那么多呀!在热闹的买卖街上,自然没有种花草的地方了,可是还能看到卖“花插”的女人,和许多鲜花铺。稍讲究一些的饭铺酒馆自然要摆鲜花了。其他的铺户中也往往摆着一两瓶花，四五十岁的掌柜们在肩下插着一朵玫瑰或虞美人也是常有的事。赶到一走到住宅区，看吧，差不多家家有些花，园地不大，可收拾得怪好，这儿一片郁金香，那儿一片玫瑰，门道上还往往搭着木架，爬着那单片的蔷薇，开满了花，就和图画里似的。越到乡下越好看，草是那么绿，花是那么鲜，空气是那么香，一个中国人也有点惭愧了。五六月间，赶上晴暖的天，到乡下去走走，真是件有造化的事，处处都像公园。

一提到猫狗和其他的牲口，我们便不这么起劲了。中国学生往往给英国朋友送去一束鲜花，惹得他们非常的欢喜。可是，也往往因为讨厌他们的猫狗而招得他们撅了嘴。中国人对于猫狗牛马，一般的说，是以“人为万物灵”为基础而直呼它们作畜类的。正人君子呢，看见有人爱动物，总不免说声“声色狗马，玩物丧志”。一般的中等人呢，养猫养狗原为捉老鼠与看家，并不须赏它们个好脸儿。那使着牲口的苦人呢，鞭子在手，急了就发威，又困于经济，它们的食水待遇活该得按着哑吧畜生办理。于是大概的说，中国的牲口实在有点倒霉；太监怀中的小吧狗，与阔寡妇椅子上的小白猫，自然是碰巧了的例外。畜类倒霉，已经看惯，所以法律上也没有什么规定；虐待丫头与媳妇本还正大光明，哑吧畜生更无处诉委屈去；黑驴告状也并没陈告它自己的事。再说，秦桧与曹操这辈子为人作歹，下辈便投胎猪狗，吃点哑吧亏才正合适。这样，就难怪我们觉得英国人对猫狗爱得有些过火了。说真的，他们确是有点过火；不过，要从猫狗自己看呢；也许就不这么说了吧？狗皜食人食，而有些人却没饭吃，自然也不能算是公平，但是普遍的有一种爱物的仁慈，也或者无碍于礼教吧！

英国人的爱动物,真可以说是普遍的。有人说,这是英国人的海贼本性还没有蜕净,所以总拿狗马当作朋友似的对待。据我看,这点贼性倒怪可爱;至少狗马是可以同情这句话的。无事可作的小姐与老太婆自然要弄条小狗玩玩了——对于这种小狗,无论它长得多么不顺眼,你可就是别说不可爱呀!——就是卖煤的煤黑子,与送牛奶的人,也都非常爱惜他们的马。你想不到拉煤车的马会那么驯顺、体面、干净。煤黑子本人远不如他的马漂亮,他好像是以他的马当作他的光荣。煤车被叫住了,无论是老幼男女,跟煤黑子要过几句话,差不多总是以这匹马作中心。有的过去拍拍马脖子,有的过去吻一下,有的给拿出根胡萝卜来给它吃。他们看见一匹马就仿佛外婆看见外孙子似的,眼中能笑出一朵花儿来。英国人平常总是拉着长脸,像顶着一脑门子官司,假若你打算看看他们也有个善心,也和蔼可爱,请你注意当他们立在一匹马或拉着条狗的时候。每到春天,这些拉车的马也有比赛的机会。看吧,煤黑子弄了瓶擦铜油,一边走一边擦马身上的铜活呀。马鬃上也挂上彩子或用各色的绳儿梳上辫子,真是体面!这么看重他们的马,当然的在平日是不会给气受的,而且载重也有一定的限度,即使有狠心的人,法律也不许他任意欺侮牲口。想起北平的煤车,当雨天陷在泥中,煤黑子用支车棍往马身上抡,真要令人喊"生在礼教之邦的马哟!"

猫在动物里算是最富独立性的了,它高兴呢就来爬在你怀中,罗哩罗嗦的不知道念着什么。它要是不高兴,任凭你说什么,它也不答理。可是,英国人家里的猫并不因此而少受一些优待。早晚他们还是给它鱼吃,牛奶喝,到家主旅行去的时候,还要把它寄放到"托猫所"去,花不少的钱去喂养着;赶到旅行回来，便急忙把猫接回来，乖乖宝贝的叫着。及至老猫不吃饭，或小猫摔了腿，便找医生去拔牙、接腿，一家子都忙乱着，仿佛有了什么了不得的事。

狗呢，就更不用说，天生来的会讨人喜欢，作走狗，自然会吃好的喝好的。小哈吧狗们，在冬天，得穿上背心；出门时，得抱着；临睡的时候，还得吃块糖。电影院、戏馆，禁止狗们出入，可是这种小狗会"走私"，爬在老太婆的袖里或衣中，便也去看电影听戏，有时候一高兴便叫几声，招得老太婆头上冒汗。大狗虽不这么娇，可也很过得去。脚上偶一不慎黏上一点路上的柏油，便立刻到狗医院去给套上一只小靴子，伤风咳嗽也须吃药，事儿多了去啦。可是，它们也真是可爱，有的会送小儿去上学，有的会给主人叼着东西，有的会耍几套玩艺；白天不咬人，晚上可挺厉害。你得听英国人们去说狗的故事，那比人类的历史还热闹有趣。人家、猎户、军队、警察所、牧羊人，都养狗，都爱狗。狗种也真多，大的、小的、宽的、细的、长毛的、短毛的，每种都有一定的尺寸，一定的长度，买来的时候还带着家谱，理直气壮，一点不含糊！那真正入谱的，身价往往值一千镑钱！

年年各处都有赛猫会、赛狗会。参与比赛的猫狗自然必定都有些来历，就是那没资格入会的也都肥胖精神。这就不能不想起中国的狗了，在北平，在天津，在许多大城市里，去看看那些狗，天下最丑的东西！骨瘦如柴，一天到晚连尾巴也不敢撅起来一回，太可怜了，人还没有饭吃，似乎不必先为狗发愁吧，那么，我只好替它们祷告，下辈子不要再投胎到这儿来了！

简直没有一个英国人不爱马。那些专作赛马用的，不用说了，自然是老有许多人伺候着；就是那平常的马，无论是拉车的，还是耕地的，也都很体面。有一张卡通，记得，画的是“马之将来”，将来的军队有飞机坦克车去冲杀陷阵，马队自然要消灭了；将来的运输与车辆也用不着骡马们去拖拉，于是马怎么办呢？这张卡通——英国人画的——上说，它们就要成了猫狗：客厅里该趴着猫，将来是趴着匹马；老太婆上街该拉着狗，将来便牵着匹骡子。这未必成为事实，可是足见他们是怎样的舍不得骡马了。

除了猫狗骡马，他们对于牛羊鸡猪也都很爱惜，这是要到乡间才可以看见的。有一回到乡间去看了朋友，他的祖父是个农夫，养着许多猪与鸡。老人的鸡都有名字，叫哪个，哪个就跑来。老人最得意的是他的那些肥猪，真是干净可爱。可是，有一天下了雨，肥猪们都下了泥塘，弄得满身是稀泥；把老人差点气坏了。总而言之，他们对牲口们是尽到力量去爱护，即使是为杀了吃肉的，反正在它们活着的时候总不受委屈。中国有许多人提倡吃素禁屠，可是往往寺院里放生的牲口皮包不住骨，别处的畜类就更不必说了。好死不如癞活着，是我们特有的哲学，可也真够残忍的。

对于鱼鸟鸽虫，英国人不如我们会养会玩，养这些玩艺的也就很少。卖猫狗的铺子里不错也卖鹦鹉，小兔，小龟，和碧玉鸟什么的，可是养鸟的并不懂教给它们怎样的叫成套数。据说，他们在老年间也斗鸡斗鹌鹑，现在已被禁止，因为太残忍。我们似乎也该把斗蟋蟀什么的禁止了吧？也不是怎么的，我总以为小时候爱斗蟋蟀，长大了也必爱去看枪毙人；没有实地的测验过，此说容或不能成立；再说，还许是一点妇人之仁，根本要不得呢。

敬悼许地山先生

地山是我的最好的朋友。以他的对种种学问的好知喜问的态度,以他的对生活各方面感到的趣味,以他的对朋友的提携辅导的热诚,以他的对金钱利益的淡薄,他绝不像个短寿的人。每逢当我看见他的笑脸,握住他的柔软而戴着一个翡翠戒指的手,或听到他滔滔不断的讲说学问或故事的时候,我总会感到他必能活到八九十岁,而且相信若活到八九十岁,他必定还能像年轻的时候那样有说有笑,还能那样说干什么就干什么,永不驳回朋友的要求,或给朋友一点难堪。

地山竟自会死了——才将快到五十的边儿上吧。

他是我的好友。可是,我对于他的身世知道的并不十分详细。不错,他确是告诉过我许多关于他自己的事情;可是,大部分都被我忘掉了。一来是我的记性不好;二来是当我初次看见他的时候,我就觉得"这是个朋友",不必细问他什么;即使他原来是个强盗,我也只看他可爱;我只知道面前是个可爱的人,就是一点也不晓得他的历史,也没有任何关系!况且,我还深信他会活到八九十岁呢。让他讲那些有趣的故事吧,让他说些对种种学术的心得与研究方法吧；至于他自己的历史，忙什么呢？等他老年的时候再说给我听，也还不迟啊！

可是，他已经死了！

我知道他是福建人。他的父亲作过台湾的知府——说不定他就生在台湾。他有一位舅父，是个很有才而后来作了不十分规矩的和尚的。由这位舅父，他大概自幼就接近了佛说，读过不少的佛经。还许因为这位舅父的关系，他曾在仰光一带住过，给了他不少后来写小说的资料。他的妻早已死去，留下一个小女孩。他手上的翠戒指就是为纪念他的亡妻的。从英国回到北平，他续了弦。这位太太姓周，我曾在北平和青岛见到过。

以上这一点：事实恐怕还有说得不十分正确的地方，我的记性实在太坏了！记得我到牛津去访他的时候，他告诉了我为什么老戴着那个翠戒指；同时，他说了许许多多关于他的舅父的事。是的，清清楚楚的我记得他由述说这位舅父而谈到禅宗的长短，因为他老人家便是禅宗的和尚。可是，除了这一点，我把好些极有趣的事全忘得一干二净；后悔没把它们都笔记下来！

我认识地山，是在二十年前了。那时候，我的工作不多，所以常到一个教会去帮忙，作些“社会服务”的事情。地山不但常到那里去，而且有时候住在那里，因此我认识了他。我呢，只是个中学毕业生，什么学识也没有。可是地山在那时候已经在燕大毕业而留校教书，大家都说他是个很有学问的青年。初一认识他，我几乎不敢希望能与他为友，他是有学问的人哪！可是，他有学问而没有架子，他爱说笑话，村的雅的都有；他同我去吃八个铜板十只的水饺，一边吃一边说，不一定说什么，但总说得有趣。我不再怕他了。虽然不晓得他有多大的学问，可是的确知道他是个极天真可爱的人了。一来二去,我试着步去问他一些书本上的事;我生怕他不肯告诉我,因为我知道有些学者是有这样脾气的:他可以和你交往,不管你是怎样的人;但是一提到学问,他就不肯开口了;不是他不肯把学问白白送给人,便是不屑于与一个没学问的人谈学问——他的神色表示出来,跟你来往已是降格相从,至于学问之事,哈哈……但是,地山绝对不是这样的人。他愿意把他所知道的告诉人,正如同他愿给人讲故事。他不因为我向他请教而轻视我,而且也并不板起面孔表示他有学问。和谈笑话似的,他知道什么便告诉我什么,没有矜持,没有厌倦,教我佩服他的学识,而仍认他为好友。学问并没有毁坏了他的为人,像那些气焰千丈的“学者”那样。他对我如此,对别人也如此;在认识他的人中,我没有听到过背地里指摘他,说他不够个朋友的。

不错,朋友们也有时候背地里讲究他;谁能没有些毛病呢。可是,地山的毛病只使朋友们又气又笑的那一种,绝无损于他的人格。他不爱写信。你给他十封信,他也未见得答复一次;偶尔回答你一封,也只有几个奇形怪状的字,写在一张随手拾来的破纸上。我管他的字叫作鸡爪体,真是难看。这也许是他不愿写信的原因之一吧?另一毛病是不守时刻。口头的或书面的通知,何时开会或何时集齐,对他绝不发生作用。只要他在图书馆中坐下,或和友人谈起来,就不用再希望他还能看看钟表。所以,你设若不亲自拉他去赴会就约,那就是你的过错;他是永远不记着时刻的。

一九二四年初秋,我到了伦敦,地山已先我数日来到。他是在美国得了硕士学位,再到牛津继续研究他的比较宗教学的;还未开学,所以先在伦敦住几天,我和他住在了一处。他正用一本中国小商店里用的粗纸账本写小说。那时节,我对文艺还没发生什么兴趣,所以就没大注意他写的是哪一篇。几天的工夫,他带着我到城里城外玩耍,把伦敦看了一个大概。地山喜欢历史,对宗教有多年的研究,对古生物学有浓厚的兴趣。由他领着逛伦敦,是多么有趣、有益的事呢!同时,他绝对不是"月亮也是外国的好"的那种留学生。说真的,他有时候过火的厌恶外国人。因为要批判英国人,他甚至于连英国人有礼貌,守秩序,和什么喝汤不准出响声,都看成为愚蠢可笑的事。因此,我一到伦敦,就借着他的眼睛看到那古城的许多宝物,也看到它那阴暗的一方面,而不至胡胡涂涂的断定伦敦的月亮比北平的好了。

不久,他到牛津去入学。暑假寒假中,他必到伦敦来玩几天。"玩"这个字,在这里,用得很妥当,又不很妥当。当他遇到朋友的时候,他就忘了自己:朋友们说怎样,他总不驳回。去到东伦敦买黄花木耳,大家作些中国饭吃?好!去逛动物园?好!玩扑克牌?好!他似乎永远没有忧郁,永远不会说"不"。不过,最好还是请他闲扯。据我所知道的,除各种宗教的研究而外,他还研究人学、民俗学、文学、考古学;他认识古代钱币,能鉴别古画,学过梵文与巴利文。请他闲扯,他就能——举个例说——由男女恋爱扯到中古的禁欲主义,再扯到原始时代的男女关系。他的故事多,书本上的佐证也丰富。他的话一会儿低降到贩夫走卒的俗野,一会儿高飞到学者的深刻高明。他谈一整天并无倦容,大家听一天也不感疲倦。

不过,你不要让他独自溜出去。他独自出去,不是到博物院,必是入图书馆。一进去,他就忘了出来。有一次,在上午八九点钟,我在东方学院的图书馆楼上发现了他。到吃午饭的时候,我去唤他,他不动。一直到下午五点,他才出来,还是因为图书馆已到关门的时间的原故。找到了我,他不住的喊“饿”,是啊,他已经饿了十点钟。在这种时节,“玩”字是用不得的。

牛津不承认他的美国的硕士学位,所以他须花二年的时光再考硕士。他的论文是《法华经》的介绍,在预备这本论文的时候,他还写了一篇相当长的文章,在世界基督教大会(?)上去宣读。这篇文章的内容是介绍道教。在一般的浮浅传教师心里,中国的佛教与道教不过是与非洲黑人或美洲红人所信的原始宗教差不多。地山这篇文章使他们闻所未闻,而且得到不少宗教学学者的称赞。

他得到牛津的硕士。假若他能继续住二年,他必能得到文学博士——最荣誉的学位。论文是不成问题的,他能于很短的期间预备好。但是,他必须再住二年;校规如此,不能变更。他没有住下去的钱,朋友们也不能帮助他。他只好以硕士为满意,而离开英国。

在他离英以前,我已试写小说。我没有一点自信心,而他又没工夫替我看看。我只能抓着机会给他朗读一两段。听过了几段,他说:“可以,往下写吧!”这,增多了我的勇气。他的文艺意见,在那时候,仿佛是偏重于风格与情调;他自己的作品都多少有些传奇的气息,他所喜爱的作品也差不多都是浪漫派的。他的家世,他的在南洋的经验,他的旧文学的修养,他的喜研究学问而又不忍放弃文艺的态度,和他自己的生活方式,我想,大概都使他倾向着浪漫主义。

单说:他的生活方式吧。我不相信他有什么宗教的信仰,虽然他对宗教有深刻的研究,可是,我也不敢说宗教对他完全没有影响。他的言谈举止都像个诗人。假若把“诗人”按照世俗的解释从他的生活中扩展起来,他就应当有很古怪奇特的行动与行为。但是,他并没作过什么怪事。他明明知道某某人对他不起,或是知道某某人的毛病,他仍然是一团和气,以朋友相待。他不会发脾气。在他的嘴里,有时候是乱扯一阵,可是他的私生活是很严肃的,他既是诗人,又是“俗”人。为了读书,他可以忘了吃饭。但一讲到吃饭,他却又不惜花钱。他并不孤高自赏。对于衣食住行他都有自己的主张,可是假若别人喜欢,他也不便固执己见。他能过很苦的日子。在我初认识他的几年中,他的饭食与衣服都是极简单朴俭。他结婚后,我到北平去看他,他的房屋衣服都相当讲究了。也许是为了家庭间的和美,他不便于坚持己见吧。虽然由破夏布褂子换为整齐的绫罗大衫,他的脱口而出的笑话与戏谑还完全是他,一点也没改。穿什么,吃什么,他仿佛都能随遇而安,无所不可。在这里和在其他的好多地方,他似乎受佛教的影响较基督教的为多,虽然他是在神学系毕业,而且也常去作礼拜。他像个禅宗的居士,而绝不能成为一个清教徒。

不但亲戚朋友能影响他,就是不相识而偶然接触的人也能临时的左右他。有一次,我在“家”里,他到伦敦城里去干些什么。日落时,他回来了,进门便笑,而且不住的摸他的刚刚刮过的脸。我莫名其妙。他又笑了一阵。“教理发匠挣去两镑多!”我吃了一惊。那时候,在伦敦理发普通是八个便士,理发带刮脸也不过是一个先令,“怎能花两镑多呢?”原来是理发匠问他什么,他便答应什么,于是用香油香水洗了头,电气刮了脸,还不得两镑多么？他绝想不起那样打扮自己，但是理发匠的建议是不能驳回的！

自从他到香港大学任事，我们没有会过面，也没有通过信；我知道他不喜欢写信，所以也就不写给他。抗战后，为了香港“文协”分会的事，我不能不写信给他了，仍然没有回信。可是，我准知道，信虽没有，事情可是必定办了。果然，从分会的报告和友人的函件中，我晓得了他是极热心会务的一员。我不能希望他按时回答我的信，可是我深信他必对分会卖力气，他是个极随便而又极不随便的人，我知道。

我自己没有学问，不能妥切的道出地山在学术上的成就何如。我只知道，他极用功，读书很多，这就值得钦佩，值得效法。对文艺，我没有什么高明的见解，所以不敢批评地山的作品。但是我晓得，他向来没有争过稿费，或恶意的批评过谁。这一点，不但使他能在香港“文协”分会以老大哥的身分德望去推动会务，而且在全国文艺界的团结上也有重大的作用。

是的，地山的死是学术界文艺界的极重大的损失！至于谈到他与我私人的关系，我只有落泪了；他既是我的“师”，又是我的好友！

啊，地山！你记得给我开的那张“佛学入门必读书”的单子吗？你用功，也希望我用功；可是那张单子上的六十几部书，到如今我一部也没有读啊！

你记得给我打电报，教我到济南车站去接周校长[①]吗？多么有趣的电报啊！知道我不认识她，所以你教她穿了黑色旗袍，

---

① 周校长，即许地山的夫人的妹妹。

而电文是:“×日×时到站接黑衫女”!当我和妻接到黑衫女的时候,我们都笑得闭不上口啊。朋友,你托友好作一件事,都是那样有风趣啊!啊,昔日的趣事都变成今日的泪源。你怎可以死呢!

不能再往下写了……

大明湖之春

老舍在济南

一些印象（节选）

济南的秋天是诗境的。设若你的幻想中有个中古的老城，有睡着了的大城楼，有狭窄的古石路，有宽厚的石城墙，环城流着一道清溪，倒映着山影，岸上蹲着红袍绿裤的小妞儿。你的幻想中要是这么个境界，那便是个济南。设若你幻想不出——许多人是不会幻想的——请到济南来看看吧。

请你在秋天来。那城，那河，那古路，那山影，是终年给你预备着的。可是，加上济南的秋色，济南由古朴的画境转入静美的诗境中了。这个诗意秋光秋色是济南独有的。上帝把夏天的艺术赐给瑞士，把春天的赐给西湖，秋和冬的全赐给了济南。秋和冬是不好分开的，秋睡熟了一点便是冬，上帝不愿意把它忽然唤醒，所以作个整人情，连秋带冬全给了济南。

诗的境界中必须有山有水。那末，请看济南吧。那颜色不同，方向不同，高矮不同的山，在秋色中便越发的不同了。以颜色说吧，山腰中的松树是青黑的，加上秋阳的斜射，那片青黑便多出些比灰色深，比黑色浅的颜色，把旁边的黄草盖成一层灰中透黄的阴影。山脚是镶着各色条子的，一层层的，有的黄，有的灰,有的绿,有的似乎是藕荷色儿。山顶上的色儿也随着太阳的转移而不同。山顶的颜色不同还不重要,山腰中的颜色不同才真叫人想作几句诗。山腰中的颜色是永远在那儿变动,特别是在秋天,那阳光能够忽然清凉一会儿,忽然又温暖一会儿,这个变动并不激烈,可是山上的颜色觉得出这个变化,而立刻随着变换。忽然黄色更真了一些,忽然又暗了一些,忽然像有层看不见的薄雾在那儿流动,忽然像有股细风替"自然"调合着彩色,轻轻的抹上一层各色俱全而全是淡美的色道儿。有这样的山,再配上那蓝的天,晴暖的阳光;蓝得像要由蓝变绿了,可又没完全绿了;晴暖得要发燥了,可是有点凉风,正像诗一样的温柔;这便是济南的秋。况且因为颜色的不同,那山的高低也更显然了。高的更高了些,低的更低了些,山的棱角曲线在晴空中更真了,更分明了,更瘦硬了。看山顶上那个塔!

再看水。以量说,以质说,以形式说,哪儿的水能比济南?有泉——到处是泉——有河,有湖,这是由形式上分。不管是泉是河是湖,全是那么清,全是那么甜,哎呀,济南是"自然"的Sweet heart吧?大明湖夏日的莲花,城河的绿柳,自然是美好的了。可是看水,是要看秋水的。济南有秋山,又有秋水,这个秋才算个秋,因为秋神是在济南住家的。先不用说别的,只说水中的绿藻吧。那份儿绿色,除了上帝心中的绿色,恐怕没有别的东西能比拟的。这种鲜绿全借着水的清澄显露出来,好像美人借着镜子鉴赏自己的美。是的,这些绿藻是自己享受那水的甜美呢,不是为谁看的。它们知道它们那点绿的心事,它们终年在那儿吻着水皮,做着绿色的香梦。淘气的鸭子,用黄金的脚掌碰它们一两下。浣女的影儿,吻它们的绿叶一两下。只有这个,是它们的香甜的烦恼。羡慕死诗人呀!

在秋天,水和蓝天一样的清凉。天上微微有些白云,水上微微有些波皱。天水之间,全是清明,温暖的空气,带着一点桂花的香味。山影儿也更真了。秋山秋水虚幻的吻着。山儿不动,水儿微响。那中古的老城,带着这片秋色秋声,是济南,是诗。

要知济南的冬日如何,且听下回分解。

上次说了济南的秋天,这回该说冬天。

对于一个在北平住惯的人,像我,冬天要是不刮大风,便是奇迹;济南的冬天是没有风声的。对于一个刚由伦敦回来的,像我,冬天要能看得见日光,便是怪事;济南的冬天是响晴的。自然,在热带的地方,日光是永远那么毒,响亮的天气反有点叫人害怕。可是,在北中国的冬天,而能有温晴的天气,济南真得算个宝地。

设若单单是有阳光,那也算不了出奇。请闭上眼想:一个老城,有山有水,全在蓝天下很暖和安适的睡着;只等春风来把他们唤醒,这是不是个理想的境界?

小山整把济南围了个圈儿,只有北边缺着点口儿,这一圈小山在冬天特别可爱,好像是把济南放在一个小摇篮里,它们全安静不动的低声的说:你们放心吧,这儿准保暖和。真的,济南的人们在冬天是面上含笑的。他们一看那些小山,心中便觉得有了着落,有了依靠。他们由天上看到山上,便不觉的想起:明天也许就是春天了吧?这样的温暖,今天夜里山草也许就绿起来吧?就是这点幻想不能一时实现,他们也并不着急,因为有这样慈善的冬天,干啥还希望别的呢。

最妙的是下点小雪呀。看吧,山上的矮松越发的青黑,树尖上顶着一髻儿白花,像些小日本看护妇。山尖全白了,给蓝天镶上一道银边。山坡上有的地方雪厚点,有的地方草色还露着,这样,一道儿白,一道儿暗黄,给山们穿上一件带水纹的花衣;看着看着,这件花衣好像被风儿吹动,叫你希望看见一点更美的山的肌肤。等到快日落的时候,微黄的阳光斜射在山腰上,那点薄雪好像忽然害了羞,微微露出点粉色。就是下小雪吧,济南是受不住大雪的,那些小山太秀气。

古老的济南,城内那么狭窄,城外又那么宽敞,山坡上卧着些小村庄,小村庄的房顶上卧着点雪,对,这是张小水墨画,或者是唐代的名手画的吧。

那水呢,不但不结冰,反倒在绿藻上冒着点热气。水藻真绿,把终年贮蓄的绿色全拿出来了。天儿越晴,水藻越绿,就凭这些绿的精神,水也不忍得冻上;况且那长枝的垂柳还要在水里照个影儿呢。看吧,由澄清的河水慢慢往上看吧,空中,半空中,天上,自上而下全是那么清亮,那么蓝汪汪的,整个的是块空灵的蓝水晶。这块水晶里,包着红屋顶,黄草山,像地毯上的小团花的小灰色树影;这就是冬天的济南。

树虽然没有叶儿,鸟儿可并不偷懒,看在日光下张着翅叫的百灵们。山东人是百灵鸟的崇拜者,济南是百灵的国。家家处处听得到它们的歌唱;自然,小黄鸟儿也不少,而且在百灵国内也很努力的唱。还有山喜鹊呢,成群的在树上啼,扯着浅蓝的尾巴飞。树上虽没有叶,有这些羽翎装饰着,也倒有点像西洋美女。坐在河岸上,看着它们在空中飞,听着溪水活活的流,要睡了,这是有催眠力的;不信你就试试;睡吧,决冻不着你。

要知后事如何，我自己也不知道。

到了齐大，暑假还未曾完。除了太阳要落的时候，校园里不见一个人影。那几条白石凳，上面有枫树给张着伞，便成了我的临时书房。手里拿着本书，并不见得念；念地上的树影，比读书还有趣。我看着：细碎的绿影，夹着些小黄圈，不定都是圆的，叶儿稀的地方，光也有时候透出七棱八角的一小块。小黑驴似的蚂蚁，单喜欢在这些光圈上慌手忙脚的来往过。那边的白石凳上，也印着细碎的绿影，还落着个小蓝蝴蝶，抿着翅儿，好像要睡。一点风儿，把绿影儿吹醉，散乱起来；小蓝蝶醒了懒懒的飞，似乎是作着梦飞呢；飞了不远，落下了，抱住黄蜀菊的蕊儿。看着，老大半天，小蝶儿又飞了，来了个楞头磕脑的马蜂。

真静。往南看，千佛山懒懒的倚着一些白云，一声不出。往北看，围子墙根有时过一两个小驴，微微有点铃声。往东西看，只看见楼墙上的爬山虎。叶儿微动，像竖起的两面绿浪。往下看，四下都是绿草。往上看，看见几个红的楼尖。全不动。绿的，红的，上上下下的，像一张画，颜色固定，可是越看越好看。只有办公处的大钟的针儿，偷偷的移动，好似唯恐怕叫光阴知道似的，那么偷偷的动，从树隙里偶尔看见一个小女孩，花衣裳特别花哨，突然把这一片静的景物全刺激了一下；花儿也更红，叶儿也更绿了似的；好像她的花衣裳要带这一群颜色跳舞起来。小女孩看不见了，又安静起来。槐树上轻轻落下个豆瓣绿的小虫，在空中悬着，其余的全不动了。

园中就是缺少一点水呀！连小麻雀也似乎很关心这个，时常用小眼睛往四下找；假如园中，就是有一道小溪吧，那要多么出色。溪里再有些各色的鱼，有些荷花！那怕是有个喷水池呢，水声，和着枫叶的轻响，在石台上睡一刻钟，要作出什么有声有色有香味的梦！花木够了，只缺一点水。

短松墙觉得有点死板，好在发着一些松香；若是上面绕着些密罗松，开着些血红的小花，也许能减少一些死板气儿。园外的几行洋槐很体面，似乎缺少一些小白石凳。可是继而一想，没有石凳也好，校园的全景，就妙在只有花木，没有多少人工作的点缀，砖砌的花池咧，绿竹篱咧，全没有；这样，没有人的时候，才真像没有人，连一点人工经营的痕迹也看不出；换句话说，这才不俗气。

啊，又快到夏天了！把去年的光景又想起来；也许是盼望快放暑假吧。快放暑假吧！把这个整个的校园，还交给蜂蝶与我吧！太自私了，谁说不是！可是我能念着树影，给诸位作首不十分好，也还说得过去的诗呢。

学校南边那块瓜地，想起来叫人口中出甜水；但是懒得动；在石凳上等着吧，等太阳落了，再去买几个瓜吧。自然，这还是去年的话；今年那块地还种瓜吗？管他种瓜还是种豆呢，反正白石凳还在那里，爬山虎也又绿起来；只等玫瑰开呀！玫瑰开，吃粽子，下雨，晴天，枫树底下，白石凳上，小蓝蝴蝶，绿槐树虫，哈，梦！再温习温习那个梦吧。

有诗为证，对，印象是要有诗为证的；不然，那印象必是多少带点土气的。我想写“春夜”，多么美的题目！想起这个题目，我自然的想作诗了。可是，不是个诗人，怎办呢；这似乎要“抓瞎”——用个毫无诗味的词儿。新诗吧？太难；脑中虽有几堆

“呀，噢，唉，喽”和那俊美的“；”，和那珠泪滚滚的“！”。但是，没有别的玩艺，怎能把这些宝贝缀上去呢？此路不通！旧诗？又太死板，而且至少有十几年没动那些七庚八葱的东西了；不免出丑。

到底硬联成一首七律，一首不及六十分的七律；心中已高兴非常，有胜于无，好歹不论，正合我的基本哲学。好，再作七首，共合八首；即便没一首“通”的吧，“量”也足惊人不是？中国地大物博，一人能写八首春夜，呀！

唉！湿膝病又犯了，两膝僵肿，精神不振，终日茫然，饭且不思，何暇作诗，只有大喊拉倒，予无能为矣！只凑了三首，再也凑不出。

想另作一篇散文吧，又到了交稿子的时候；况且精神不好，其影响于诗与散文一也；散了吧，好歹的那三首送进去，爱要不要；我就是这个主意！反正无论怎说，我是有诗为证：

（一）

多少春光轻易去？无言花鸟夜如秋。
东风似梦微添醉，小月知心只照愁！
柳样诗思情入影，火般桃色艳成羞。
谁家玉笛三更后？山倚疏星人倚楼。

（二）

一片闲情诗境里，柳风淡淡柝声凉。
山腰月少青松黑，篱畔光多玉李黄。
心静渐知春似海，花深每觉影生香。

何时买得田千顷，遍种梧桐与海棠！

（三）

且莫贪眠减却狂，春宵月色不平常！
碧桃几树开蝴蝶，紫燕联肩梦海棠。
花比诗多怜夜短，柳如人瘦为情长。
年来潦倒漂萍似，惯与东风道暖凉。

得看这三大首！五十年之后，准保有许多人给作注解——好诗是不需注解的。我的评注者，一定说我是资本家，或是穷而倾向资本主义者，因为在第二首里，有“何时买得田千顷”之语。好，我先自己作点注吧：我的意思是买山地呀，不是买一千顷良田，全种上花木，而叫农民饿死，不是。比如千佛山两旁的秃山，要全种上海棠，那要多么美，这才是我的梦想。这不怨我说话不清，是律诗自身的别扭；一句非七个字不可，我怎能忽然来句八个九个字的呢？

得了，从此再不受这个罪；《一些印象》也不再续。暑假中好好休息，把腿养好，能加入将来远东运动会的五百哩竞走，得个第一，那才算英雄好汉；诌几句不准多于七个字一句的诗，算得什么！

非正式的公园

济南的公园似乎没有引动我描写它的力量，虽然我还想写那么一两句；现在我要写的地方，虽不是公园，可是确比公园强的多，所以——非正式的公园；关于那正式的公园，只好，虽然还想写那么一两句，待之将来。

这个地方便是齐鲁大学，专从风景上看。齐大在济南的南关外，空气自然比城里的新鲜，这已得到成个公园的最要条件。花木多，又有了成个公园的资格。确是有许多人到那里玩，意思是拿它当作——非正式的公园。

逛这个非正式的公园以夏天为最好。春天花多，秋天树叶美，但是只在夏天才有"景"，冬天没有什么特色。

当夏天，进了校门便看见一座绿楼，楼前一大片绿草地，楼的四围全是绿树，绿树的尖上浮着一两个山峰，因为绿树太密了，所以看不见树后的房子与山腰，使你猜不到绿荫后边还有什么；深密伟大，你不由的深吸一口气。绿楼？真的，"爬山虎"的深绿肥大的叶一层一层的把楼盖满，只露着几个白边的窗户；每阵小风，使那层层的绿叶掀动，横着竖着都动得有规律，一片竖立的绿浪。

往里走吧，沿着草地——草地边上不少的小蓝花呢——到了那绿荫深处。这里都是枫树，树下四条洁白的石凳，围着一片花池。花池里虽没有珍花异草，可是也有可观；况且往北有一条花径，全是小红玫瑰。花径的北端有两大片洋葵，深绿叶，浅红花；这两片花的后面又有一座楼，门前的白石阶栏像享受这片鲜花的神龛。楼的高处，从绿槐的密叶的间隙里看到，有一个大时辰钟。

往东西看，西边是一进校门便看见的那座楼的侧面与后面，与这座楼平行，花池东边还有一座；这两座楼的侧面山墙，也都是绿的。花径的南端是白石的礼堂，堂前开满了百日红，壁上也被绿蔓爬匀。那两座楼后，两大片草地，平坦，深绿，像张绿毯。这两块草地的南端，又有两座楼，四周围蔷薇作成短墙。设若你坐在石凳上，无论往哪边看，视线所及不是红花，便是绿叶；就是往上下看吧：下面是绿草，红花，与树影；上面是绿枫树叶。往平里看，有时从树隙花间看见女郎的一两把小白伞，有时看见男人的白大衫。伞上衫上时时落上些绿的叶影。人不多，因为放暑假了。

拐过礼堂，你看见南面的群山，绿的。山前的田，绿的。一个绿海，山是那些高的绿浪。

礼堂的左右，东西两条绿径，树荫很密，几乎见不着阳光。顺着这绿径走，不论是往西往东，你看见些小的楼房，每处有个小花园。园墙都是矮松做的。

春天的花多，特别是丁香和玫瑰，但是绿得不到家。秋天的红叶美，可是草变黄了。冬天树叶落净，在园中便看见了山的大部分，又欠深远的意味。只有夏天，一切颜色消沉在绿的中间，由地上一直绿到树上浮着的绿山峰，成为以绿为主色的一景。

趵突泉的欣赏

千佛山、大明湖和趵突泉，是济南的三大名胜。现在单讲趵突泉。

在西门外的桥上，便看见一溪活水，清浅，鲜洁，由南向北的流着。这就是由趵突泉流出来的。设若没有这泉，济南定会丢失了一半的美。但是泉的所在地并不是我们理想中的一个美景。这又是个中国人的征服自然的办法，那就是说，凡是自然的恩赐交到中国人手里就会把它弄得丑陋不堪。这块地方已经成了个市场。南门外是一片喊声，几阵臭气，从卖大碗面条与肉包子的棚子里出来。进了门有个小院，差不多是四方的。这里，"一毛钱四块！"和"两毛钱一双！"的喊声，与外面的"吃来"联成一片。一座假山，奇丑；穿过山洞，接联不断的棚子与地摊，东洋布，东洋磁，东洋玩具，东洋……加劲的表示着中国人怎样热烈的"不"抵制劣货。这里很不易走过去，乡下人一群跟着一群的来，把路塞住。他们没有例外的全买一件东西还三次价，走开又回来摸索四五次。小脚妇女更了不得，你往左躲，她往左扭；你往右躲，她往右扭，反正不许你痛快的过去。

到了池边,北岸上一座神殿,南西东三面全是唱鼓书的茶棚,唱的多半是梨花大鼓,一声“哟”要拉长几分钟,猛听颇像产科医院的病室。除了茶棚还是日货摊子,说点别的吧!

泉太好了。泉池差不多见方,三个泉口偏西,北边便是条小溪流向西门去。看那三个大泉,一年四季,昼夜不停,老那么翻滚。你立定呆呆的看三分钟,你便觉出自然的伟大,使你不敢再正眼去看。永远那么纯洁,永远那么活泼,永远那么鲜明,冒,冒,冒,永不疲乏,永不退缩,只是自然有这样的力量!冬天更好,泉上起了一片热气,白而轻软,在深绿的长的水藻上飘荡着,使你不由的想起一种似乎神秘的境界。

池边还有小泉呢:有的像大鱼吐水,极轻快的上来一串小泡;有的像一串明珠,走到中途又歪下去,真像一串珍珠在水里斜放着;有的半天才上来一个泡,大,扁一点,慢慢的,有姿态的,摇动上来;碎了;看,又来了一个!有的好几串小碎珠一齐挤上来,像一朵攒整齐的珠花,雪白。有的……这比那大泉还更有味。

新近为增加河水的水量,又下了六根铁管,做成六个泉眼,水流得也很旺,但是我还是爱那原来的三个。

看完了泉,再往北走,经过一些货摊,便出了北门。

前年冬天一把大火把泉池南边的棚子都烧了。有机会改造了!造成一个公园,各处安着喷水管!东边作个游泳池!有许多人这样的盼望。可是,席棚又搭好了,渐次改成了木板棚;乡下人只知道趵突泉,把摊子移到“商场”去(就离趵突泉几步)买卖就受损失了;于是“商场”四大皆空,还叫趵突泉作日货销售场;也许有道理。

春　风

济南与青岛是多么不相同的地方呢！一个设若比作穿肥袖马褂的老先生，那一个便应当是摩登的少女。可是这两处不无相似之点。拿气候说吧，济南的夏天可以热死人，而青岛是有名的避暑所在；冬天，济南也比青岛冷。但是，两地的春秋颇有点相同。济南到春天多风，青岛也是这样；济南的秋天是长而晴美，青岛亦然。

对于秋天，我不知应爱哪里的：济南的秋是在山上，青岛的是海边。济南是抱在小山里的；到了秋天，小山上的草色在黄绿之间，松是绿的，别的树叶差不多都是红与黄的。就是那没树木的山上，也增多了颜色——日影、草色、石层，三者能配合出种种的条纹，种种的影色。配上那光暖的蓝空，我觉到一种舒适安全，只想在山坡上似睡非睡的躺着，躺到永远。青岛的山——虽然怪秀美——不能与海相抗，秋海的波还是春样的绿，可是被清凉的蓝空给开拓出老远，平日看不见的小岛清楚的点在帆外。这远到天边的绿水使我不愿思想而不得不思想；一种无目的的思虑，要思虑而心中反倒空虚了些。济南的秋给我安全之感，青岛的秋引起我甜美的悲哀。我不知应当爱哪个。

两地的春可都被风给吹毁了。所谓春风，似乎应当温柔，轻吻着柳枝，微微吹皱了水面，偷偷的传送花香，同情的轻轻掀起禽鸟的羽毛。济南与青岛的春风都太粗猛。济南的风每每在丁香海棠开花的时候把天刮黄，什么也看不见，连花都埋在黄暗中，青岛的风少一些沙土，可是狡猾，在已很暖的时节忽然来一阵或一天的冷风，把一切都送回冬天去，棉衣不敢脱，花儿不敢开，海边翻着愁浪。

两地的风都有时候整天整夜的刮。春夜的微风送来雁叫，使人似乎多些希望。整夜的大风，门响窗户动，使人不英雄的把头埋在被子里；即使无害，也似乎不应该如此。对于我，特别觉得难堪。我生在北方，听惯了风，可也最怕风。听是听惯了，因为听惯才知道那个难受劲儿。它老使我坐卧不安，心中游游摸摸的，干什么不好，不干什么也不好。它常常打断我的希望：听见风响，我懒得出门，觉得寒冷，心中渺茫。春天仿佛应当有生气，应当有花草，这样的野风几乎是不可原谅的！我倒不是个弱不禁风的人，虽然身体不很足壮。我能受苦，只是受不住风。别种的苦处，多少是在一个地方，多少有个原因，多少可以设法减除；对风是干没办法。总不在一个地方，到处随时使我的脑子晃动，像怒海上的船。它使我说不出为什么苦痛，而且没法子避免。它自由的刮，我死受着苦。我不能和风去讲理或吵架。单单在春天刮这样的风！可是跟谁讲理去呢？苏杭的春天应当没有这不得人心的风吧？我不准知道，而希望如此。好有个地方去“避风”呀！

青岛与山大

北中国的景物是由大漠的风与黄河的水得到色彩与情调：荒、燥、寒、旷、灰黄，在这以尘沙为雾，以风暴为潮的北国里，青岛是颗绿珠，好似偶然的放在那黄色地图的边儿上。在这里，可以遇见真的雾，轻轻的在花林中流转，愁人的雾笛仿佛像一种特有的鹃声。在这里，北方的狂风还可以袭入，激起的却是浪花；南风一到，就要下些小雨了。在这里，春来的很迟，别处已是端阳，这里刚好成为锦绣的乐园，到处都是春花。这里的夏天根本用不着说，因为青岛与避暑永远是相联的。其实呢，秋天更好：有北方的晴爽，而不显着干燥，因为北方的天气在这里被海给软化了；同时，海上的湿气又被凉风吹散，结果是天与海一样的蓝，湿与燥都不走极端；虽然大雁还是按时候向南飞，可是此地到菊花时节依然是很暖和的。在海边的微风里，看高远深碧的天上飞着雁字，真能使人暂时忘了一切，即使欲有所思，大概也只有赞美青岛吧。冬天可实在不能令人满意；有相当的冷，也有不小的风。但是，这里的房屋不像北平的那样以纸糊窗，街道上也没有尘土，于是冷与风的厉害就减少了一些。再说呢，夏季的青岛是中外有钱有闲的人们的娱乐场所,因为他们与她们都是来享福取乐,所以不惜把壮丽的山海弄成烟酒香粉的世界。到了冬天,他们与她们都另寻出路,把山海自然之美交给我们久住青岛的人。雪天,我们可以到栈桥去望那美若白莲的远岛;风天,我们可以在夜里听着寒浪的击荡。就是不风不雪,街上的行人也不甚多,到处呈现着严肃的气象,我们也可以吐一口气,说:这是山海的真面目。

一个大学或者正像一个人,他的特色总多少与它所在的地方有些关系。山大虽然成立了不多年,但是它既在青岛,就不能不带些青岛味儿。这也就是常常引起人家误解的地方。一般的说,人们大概会这样想:山大立在青岛恐怕不大合适吧?舞场、咖啡馆、电影院、浴场……在花花世界里能安心读书吗?这种因爱护而担忧的猜想,正是我们所愿解答的。在前面,我们叙述了青岛的四时:青岛之有夏,正如青岛之有冬;可是一般人似乎只知其夏,不知其冬,猜测多半由此而来。说真的,山大所表现的精神是青岛的冬。是呀,青岛忙的时候也是山大忙的时候,学会咧,参观团咧,讲习会咧,有时候同时借用山大作会场或宿舍,热忙非常。但这总是在夏天,夏天我们也放假呀。当我们上课的期间,自秋至冬,自冬至初夏,青岛差不多老是静寂的。春山上的野花,秋海上的晴霞,是我们的,避暑的人们大概连想也没想到过。至于冬日寒风恶月里的寂苦,或者也只有我们的读书声与足球场上的欢笑可与相抗;稍微贪点热闹的人恐怕连一个星期也住不下去。我常说,能在青岛住过一冬的,就有修仙的资格。我们的学生在这里一住就是四冬啊!他们不会在毕业时候都成为神仙——大概也没人这样期望他们——可是他们的静肃态度已经养成了。一个没到过山大的人,也许容易想到,青岛既是富有洋味的地方,当然山大的学生也得洋服啷当的,像些华侨子弟似的。根本没有这一回事。山大的校舍是昔年的德国兵营,虽然在改作学校之后,院中铺满短草,道旁也种上了玫瑰,可是它总脱不了营房的严肃气象。学校的后面左面都是小山,挺立着一些青松,我们每天早晨一抬头就看见山石与松林之美,但不是柔媚的那一种。学校里我们设若打扮得怪漂亮的,即使没人多看两眼,也觉得仿佛有些不得劲儿。整个的严肃空气不许我们漂亮,到学校外去,依然用不着修饰。六七月之间,此处固然是万紫千红,士女如云,好一片摩登景象了。可是过了暑期,海边上连个人影也没有;我们大概用不着花花绿绿的去请白鸥与远帆来看吧?因此,山大虽在青岛,而很少洋味儿,制服以外,蓝布大衫是第二制服。就是在六七月最热闹的时候,我们还是如此,因为朴素成了风气,蓝布大衫一穿大有"众人摩登我独古"的气概。

还有呢,不管青岛是怎样西洋化了的都市,它到底是在山东。"山东"二字满可以用作朴俭静肃的象征,所以山大——虽然学生不都是山东人——不但是个北方大学,而且是北方大学中最带"山东"精神的一个。我们常到崂山去玩,可是我们的眼却望着泰山,仿佛是。这个精神使我们朴素,使我们能吃苦,使我们静默。往好里说,我们是有一种强毅的精神;往坏里讲,我们有点乡下气。不过,即使我们真有乡下气,我们也会自傲的说,我们是在这儿矫正那有钱有闲来此避暑的那种奢华与虚浮的摩登,因为我们是一群"山东儿"——虽然是在青岛,而所表现的是青岛之冬。

至于沿海上停着的各国军舰，我们看见的最多，此地的经济权在谁何之手，我们知道的最清楚；这些——还有许多别的呢——时时刻刻刺激着我们，警告着我们，我们的外表朴素，我们的生活单纯，我们却有颗红热的心。我们眼前的青山碧海时时对我们说：国破山河在！于此，青岛与山大就有了很大的意义。

五月的青岛

因为青岛的节气晚，所以樱花照例是在四月下旬才能盛开。樱花一开，青岛的风雾也挡不住草木的生长了。海棠，丁香，桃，梨，苹果，藤萝，杜鹃，都争着开放，墙角路边也都有了嫩绿的叶儿。五月的岛上，到处花香，一清早便听见卖花声。公园里自然无须说了，小蝴蝶花与桂竹香们都在绿草地上用它们的娇艳的颜色结成十字，或绣成几团；那短短的绿树篱上也开着一层白花，似绿枝上挂了一层春雪。就是路上两旁的人家也少不得有些花草：围墙既矮，藤萝往往顺着墙把花穗儿悬在院外，散出一街的香气：那双樱，丁香，都能在墙外看到，双樱的明艳与丁香的素丽，真是足以使人眼明神爽。

山上有了绿色，嫩绿，所以把松柏们比得发黑了一些。谷中不但填满了绿色，而且颇有些野花，有一种似紫荆而色儿略略发蓝的，折来很好插瓶。

青岛的人怎能忘下海呢。不过，说也奇怪，五月的海就仿佛特别的绿，特别的可爱，也许是因为人们心里痛快吧？看一眼路旁的绿叶，再看一眼海，真的，这才明白了什么叫作“春深似海”。绿，鲜绿，浅绿，深绿，黄绿，灰绿，各种的绿色，联接着，交错着，变化着，波动着，一直绿到天边，绿到山脚，绿到渔帆的外边去。风不凉，浪不高，船缓缓的走，燕低低的飞，街上的花香与海上的咸味混到一处，浪漾在空中，水在面前，而绿意无限，可不是，春深似海！欢喜，要狂歌，要跳入水中去，可是只能默默无言，心好像飞到天边上那将将能看到的小岛上去，一闭眼仿佛还看见一些桃花。人面桃花相映红，必定是在那小岛上。

老舍摄于青岛

这时候，遇上风与雾便还须穿上棉衣，可是有一天忽然响晴，夹衣就正合适。但无论怎说吧，人们反正都放了心——不会大冷了，不会。妇女们最先知道这个，早早的就穿出利落的新装，而且决定不再脱下去。海岸上，微风吹动少女们的发与衣，何必再去到电影园中找那有画意的景儿呢！这里是初春浅夏的合响，风里带着春寒，而花草山水又似初夏，意在春而景如夏，姑娘们总先走一步，迎上前去，跟花们竞争一下，女性的伟大几乎不是颓废诗人所能明白的。

人似乎随着花草都复活了，学生们特别的忙：换制服，开运动会，到崂山丹山旅行，服劳役。本地的学生忙，别处的学生也来参观，几个，几十，几百，打着旗子来了，又成着队走开，男的，女的，先生，学生，都累得满头是汗，而仍不住的向那大海丢眼。学生以外，该数小孩最快活，笨重的衣服脱去，可以到公园跑跑了；一冬天不见猴子了，现在又带着花生去喂猴子，看鹿。拾花瓣，在草地上打滚；妈妈说了，过几天还有大红樱桃吃呢！

马车都新油饰过，马虽依然清瘦，而车辆体面了许多，好作一夏天的买卖呀。新油过的马车穿过街心，那专作夏天的生意的咖啡馆，酒馆，旅社，饮冰室，也找来油漆匠，扫去灰尘，油饰一新。油漆匠在交手上忙，路旁也增多了由各处来的舞女。预备呀，忙碌呀，都红着眼等着那避暑的外国战舰与各处的阔人。多嗜浴场上有了人影与小艇，生意便比花草还茂盛呀。到那时候，青岛几乎不属于青岛的人了，谁的钱多谁更威风，汽车的眼是不会看山水的。

那么，且让我们自己尽量的欣赏五月的青岛吧！

立 秋 后

去年来青岛，已是秋天。秋水秋山，红楼黄叶，自是另一番风味；虽未有见到夏日的热闹，可是秋夜听潮，或海岸独坐，亦足畅怀。

秋去冬来，野风横吹，湿冷入骨；日落以后，市上海滨俱少行人；未免觉得寂苦。

春到甚迟，直到樱花开了，才能撤去火炉，户外活动渐渐增多，可是春假里除了崂山旅行，也还想不出更好的办法。

六七月之间才真看到青岛的光荣，尤其是初次看到，更觉得有点了不得。可是一两星期过去，又仿佛没有什么了：士女是为避暑而来，自然表现着许多洋习气，以言文化，乃在蔻丹指甲与新奇浴衣之间，所谓浪漫，亦不过买票跳舞，喝冷咖啡而已。闭户休息，寂寞不减于冬令，自叹命薄福浅！

有一件事是可喜的，即夏日有会友的机会。别已二年五载，忽然相值，相与话旧，真一乐事。再说呢，一向糊口四方，到处受友人的招待，今则反客为主，略尽地主之谊，也能更明白些交友的道理。况且此地是世外桃源，平日少见寡闻，于今各处朋友带来各处消息，心泉渐活，又回到人间，不复梦梦。

立秋以后，别处天气渐凉，此地反倒热起来；朋友们逐渐走去，车站码头送别，“明夏再来呀！”能不黯然销魂！

大明湖之春

北方的春本来就不长，还往往被狂风给七手八脚的刮了走。济南的桃李丁香与海棠什么的，差不多年年被黄风吹得一干二净，地暗天昏，落花与黄沙卷在一处，再睁眼时，春已过去了！记得有一回，正是丁香乍开的时候，也就是下午两三点钟吧，屋中就非点灯不可了；风是一阵比一阵大，天色由灰而黄，而深黄，而黑黄，而漆黑，黑得可怕。第二天去看院中的两株紫丁香，花已像煮过一回，嫩叶几乎全破了！济南的秋冬，风倒很少，大概都留在春天刮呢。

有这样的风在这儿等着，济南简直可以说没有春天；那么，大明湖之春更无从说起。

济南的三大名胜，名字都起得好：千佛山，趵突泉，大明湖，都多么响亮好听！一听到“大明湖”这三个字，便联想到春光明媚和湖光山色等等，而心中浮现出一幅美景来。事实上，可是，它既不大，又不明，也不湖。

湖中现在已不是一片清水，而是用坝划开的多少块“地”。“地”外留着几条沟，游艇沿沟而行，即是逛湖。水田不需要多么深的水，所以水黑而不清；也不要急流，所以水定而无波。东一块莲，西一块蒲，土坝挡住了水，蒲苇又遮住了莲，一望无景，只见高高低低的“庄稼”。艇行沟内，如穿高粱地然，热气腾腾，碰巧了还臭气烘烘。夏天总算还好，假若水不太臭，多少总能闻到一些荷香，而且必能看到些绿叶儿。春天，则下有黑汤，旁有破烂的土坝；风又那么野，绿柳新蒲东倒西歪，恰似挣命。所以，它既不大，又不明，也不湖。

话虽如此，这个湖到底得算个名胜。湖之不大与不明，都因为湖已不湖。假若能把“地”都收回，拆开土坝，挖深了湖身，它当然可以马上既大且明起来：湖面原本不小，而济南又有的是清凉的泉水呀。这个，也许一时作不到。不过，即使作不到这一步，就现状而言，它还应当算作名胜。北方的城市，要找有这么一片水的，真是好不容易了。千佛山满可以不算数儿，配作个名胜与否简直没多大关系。因为山在北方不是什么难找的东西呀。水，可太难找了。济南城内据说有七十二泉，城外有河，可是还非有个湖不可。泉，池，河，湖，四者俱备，这才显出济南的特色与可贵。它是北方唯一的“水城”，这个湖是少不得的。设若我们游湖时，只见沟而不见湖，请到高处去看看吧，比如在千佛山上往北眺望，则见城北灰绿的一片——大明湖；城外，华鹊二山夹着弯弯的一道灰亮光儿——黄河。这才明白了济南的不凡，不但有水，而且是这样多呀。

况且，湖景若无可观，湖中的出产可是很名贵呀。懂得什么叫作美的人或者不如懂得什么好吃的人多吧，游过苏州的往往只记得此地的点心，逛过西湖的提起来便念道那里的龙井茶，藕粉与莼菜什么的，吃到肚子里的也许比一过眼的美景更容易记住，那么大明湖的蒲菜，茭白，白花藕，还真许是它驰名天下的重要原因呢。不论怎么说吧，这些东西既都是水产，多少总带着些南国风味；在夏天，青菜挑子上带着一束束的大白莲花葖蓇出卖，在北方大概只有济南能这么“阔气”。

我写过一本小说——《大明湖》——在一·二八与商务印书馆一同被火烧掉了。记得我描写过一段大明湖的秋景，词句全想不起来了，只记得是什么什么秋。桑子中先生给我画过一张油画，也画的是大明湖之秋，现在还在我的屋中挂着。我写的，他画的，都是大明湖，而且都是大明湖之秋，这里大概有点意思。对了，只是在秋天，大明湖才有些美呀。济南的四季，唯有秋天最好，晴暖无风，处处明朗。这时候，请到城墙上走走，俯视秋湖，败柳残荷，水平如镜；唯其是秋色，所以连那些残破的土坝也似乎正与一切景物配合：土坝上偶尔有一两截断藕，或一些黄叶的野蔓，配着三五枝芦花，确是有些画意。“庄稼”已都收了，湖显着大了许多，大了当然也就显着明。不仅是湖宽水净，显着明美，抬头向南看，半黄的千佛山就在面前，开元寺那边的“橛子”——大概是个塔吧——静静的立在山头上。往北看，城外的河水很清，菜畦中还生着短短的绿叶。往南往北，往东往西，看吧，处处空阔明朗，有山有湖，有城有河，到这时候，我们真得到个“明”字了。桑先生那张画便是在北城墙上画的，湖边只有几株秋柳，湖中只有一只游艇，水作灰蓝色，柳叶儿半黄。湖外，他画上了千佛山；湖光山色，联成一幅秋图，明朗，素净，柳梢上似乎吹着点不大能觉出来的微风。

对不起，题目是大明湖之春，我却说了大明湖之秋，可谁教亢德先生出错了题呢！

吊济南

从民国十九年七月到二十三年秋初,我整整的在济南住过四载。在那里,我有了第一个小孩,即起名为“济”。在那里,我交下不少的朋友:无论什么时候我从那里过,总有人笑脸地招呼我;无论我到何处去,那里总有人惦念着我。在那里,我写成了《大明湖》,《猫城记》,《离婚》,《牛天赐传》,和收在《赶集》里的那十几个短篇。在那里,我努力地创作,快活地休息……四年虽短,但是一气住下来,于是事与事的联系,人与人的交往,快乐与悲苦的代换,便显明地在这一生里自成一段落,深深地印划在心中;时短情长,济南就成了我的第二故乡。

它介乎北平与青岛之间。北平是我的故乡,可是这七年来,我不是住济南,便是住青岛。在济南住呢,时常想念北平;及至到了北平的老家,便又不放心济南的新家。好在道路不远,来来往往,两地都有亲爱的人,熟悉的地方;它们都使我依依不舍,几乎分不出谁重谁轻。在青岛住呢,无论是由青去平,还是自平返青,中途总得经过济南。车到那里,不由的我便要停留一两天。趵突泉,大明湖,千佛山等名胜,闭了眼也曾想出来,可是重游一番总是高兴的:每一角落,似乎都存着一些生命的痕迹;每一小小的变迁,都引起一些感触;就是一风一雨也仿佛含着无限的情意似的。

讲富丽堂皇,济南远不及北平;讲山海之胜,也跟不上青岛。可是除了北平青岛,要在华北找个有山有水,交通方便,既不十分闭塞,而生活程度又不过高的城市,恐怕就得属济南了。况且,它虽是个大都市,可是还能看到朴素的乡民,一群群的来此卖货或买东西,不像上海与汉口那样完全洋化。它似乎真是稳立在中国的文化上,城墙并不足拦阻住城与乡的交往;以善作洋奴自夸的人物与神情,在这里是不易找到的。这使人心里觉得舒服一些。一个不以跳舞开香槟为理想的生活的人,到了这里自自然然会感到一些平淡而可爱的滋味。

济南的美丽来自天然,山在城南,湖在城北。湖山而外,还有七十二泉,泉水成溪,穿城绕郭。可惜这样的天然美景,和那座城市结合到一处,不但没得到人工的帮助而相得益彰,反而因市设的敷衍而淹没了丽质。大路上灰尘飞扬,小巷里污秽杂乱,虽然天色是那么清明,泉水是那么方便,可是到处老使人憋得慌。近来虽修成几条柏油路,也仍旧显不出怎么清洁来。至于那些名胜,趵突泉左右前后的建筑破烂不堪,大明湖的湖面已化作水田,只剩下几道水沟。有人说,这种种的败陋,并非因为当局不肯努力建设,而是因为他们爱民如子,不肯把老百姓的钱都化费在美化城市上。假若这是可靠的话,我们便应当看见老百姓的钱另有出路,在国防与民生上有所建设。这个,我们却没有看见。这笔账该当怎么算呢?况且,我们所要求的并不是高楼大厦,池园庭馆,而是城市应有的卫生与便利。假若在城市卫生上有相当的设施，到处注意秩序与清洁，这座城既有现成的山水取胜，自然就会美如画图，用不着浪费人工财力。

这倒并非专为山水喊冤，而是借以说明许多别的事。济南的多少事情都与此相似，本来可以略加调整便有可观，可是事实上竟废弛委弃，以至一切的事物上都罩着一层灰土。这层灰土下蠕蠕微动着一群可好可坏的人，隐覆着一些似有若无的事；不死不生，一切灰色。此处没有崭新的东西，也没有彻底旧的东西，本来可以令人爱护，可是又使人无法不伤心。什么事都在动作，什么可也没照着一定的计划作成。无所拒绝，也不甘心接受，不易见到有何主张的人，可也不易见到很讨厌的人，大家都那么和气一团，敷敷衍衍，不易捉摸，也没什么大了不起。有电灯而无光，有马路而拥挤不堪，什么都有，什么也都没有，恰似暮色微茫，灰灰的一片。

按理说，这层灰色是不应当存到今日的，因为五卅惨案的血还鲜红的在马路上，城根下，假若有记性的人会闭目想一会儿。我初到济南那年，那被敌人击破的城楼还挂着“勿忘国耻”的破布条在那儿含羞的立着。不久，城楼拆去，国耻布条也被撤去，同被忘掉。拆去城楼本无不可，但是别无建设或者就是表示着忘去烦恼最为简便；结果呢，敌人今日就又在那里唱凯歌了。

在我写《大明湖》的时候，就写过一段：在千佛山上北望济南全城，城河带柳，远水生烟，鹊华对立，夹卫大河，是何等气象。可是市声隐隐，尘雾微茫，房贴着房，巷联着巷，全城笼罩在灰色之中。敌人已经在山巅投过重炮，轰过几昼夜了，以后还可以随时地重演一次；第一次的炮火既没能打破那灰色的大梦，那么总会有一天全城化为灰烬，冲天的红焰赶走了灰色，烧完了梦中人灰色的城,灰色的人,一切是统制,也就是因循,自己不干,不会干,而反倒把要干与会干的人的手捆起来;这是死城!此书的原稿已在上海随着一·二八的毒火殉了难,不过这一段的大意还没有忘掉,因为每次由市里到山上去,总会把市内所见的灰色景象带在心中,而后登高一望,自然会起了忧思。湖山是多么美呢,却始终被灰色笼罩着,谁能不由爱而畏,由失望而颤抖呢?

再说,破碎的城楼可以拆去,而敌人并未曾退出;眼不见心不烦,可是小鬼们就在眼前,怎能疏忽过去,视而不见呢?敌人的医院,公司,铺户,旅馆,分散在商埠各处。那一个买卖也带“白面”,即使不是专售,也多少要预备一些,余利作为妇女与孩子们的零钱。大批的劣货垄断着市场,零整批发的吗啡白面毒化着市民,此外还不时的暗放传染病的毒菌,甚至于把他们国内穿残的破裤烂袄也整船的运来销卖。这够多么可怕呢?可是我们有目无睹,仍旧逍遥自在;等因奉此是唯一的公事,奉命唯谨落个好官,我自为之,别无可虑。人家以经济吸尽我们的血,我们只会加捐添税再抽断老百姓的筋。对外讲亲善,故无抵制;对内讲爱民,而以大家不出声为感戴。敌人的炮火是厉害的,敌人的经济侵略是毒辣的,可是我们的捆束百姓的政策就更可怕。济南是久已死去,美丽的湖山只好默然蒙羞了!

平日对敌人的经济侵略不加防范,还可以用有心无力或事关全国为词。及至敌军已深入河北,而大家依旧安闲自在,就太可怪了。山东的富力为江北各省之冠,人民既善于经营,又强壮耐苦。有这样的财力与人力,假若稍有准备,即使不能把全省防御得如铜墙铁壁至少也得教敌人吃很大的苦头,方能攻入。可是,济南是省会,既系灰色,别处就更无可说的了。济南为全省的脑府，而实际上只是空空的一个壳儿，并无脑子。这个空壳子响一响便是政治，四面低低的回应便算办了事情。计划、科学、文化、人才，都是些可疑的名词，因为它们不是那空壳子所能了解的。反之，随便响一响，从心所欲正好见出权威。济南是必须死的，而且必不可免的累及全省。

这里一点无意去攻击任何人；追悔不如更新，我们且揭过这一页去吧。灰色的济南，可爱的济南，已被敌人的炮火打碎。可是湖山难改，我们且去用血把它刷新重建个美丽庄严的新都市。别矣济南！那是一场恶梦！再会面时，你将是清醒的合理的，以人民的力量筑成而归人民享用的。我将看到那城河更多一些绿柳，柳荫下有白石的小凳，任人休息。我将看见破旧的城墙变为宽坦的马路，把乡郊与城市打成一家；在城里可望见南山的果林，在乡间可以知道城内的消息。我将看到大明湖还田为湖，有十顷白莲。我将看见趵突泉改为浴场，游泳着健壮的青年男女。我将看见马鞍山前后有千百烟囱，用着博山的煤，把胶东的烟叶制成金丝，鲁北的棉花织成细布，泰山的樱桃，莱阳的梨，肥城的蜜桃，制成精美的罐头；烟台的葡萄与苹果酿成美酒，供给全国的同胞享用。还有那已具雏型的造钟制钢，玻璃磁器，绵绸花边等等工业，都能合理的改进发展，富国裕民。我希望济南成为全省真正的脑府，用多少条公路，几条河流，和火车电话，把它的智慧热诚的清醒的串送到东海之滨与泰山之麓。挣扎吧，济南！失去一城，无关于最后的胜负。今日之泪是悔认昨日之非；有此觉悟，便能打好明日的主意。济南，今日之死是脱胎换骨，取得新的生命；那明湖上的新蒲绿柳自会有我们重来欣赏啊！

可爱的成都

中华全国文艺界抗敌协会成都分会欢迎老舍等人

在成都

成都的确有点像北平:街平,房老,人从容。

只在成都歇了五夜,白天忙着办事,夜晚必须早睡,简直可以说没看见什么。坐车子从街上过,见到街平,房老,人从容;久闻人言,成都像北平,遂亦相信;有无差别,则不敢说,知道的太少了。

学校只到了华西大学,四川大学,及华美女中。华大地旷,不如济南齐鲁大学之宽而不散。川大则在晚间去的,只觉静寂可喜,宜于读书,未见其他。华美女中亦系晚间去讲演,只见到略清洁严肃,未暇参观一切设备也。

名胜仅到武侯祠与望江楼。祠中的树好,园中的竹好。论建筑与气势,远不及北平的寺庙与公园。

街上茶馆很多,可惜无暇去坐坐。身上痒,故不能不入一浴室;浴室相当的干净,但远不及平津两地的宽敞暖和;招待更差,小伙计相骂不完,惜未听清为了何事,无从记下。

成都有许多有名的小食店,此以汤圆,彼以水饺,业专史远,各有美誉。因为事忙,一家也没去照顾;只吃了一次"不醉无归小酒家”,酒饭都好,而且不贵。假若别的比不上北平,吃食之精美与价廉则胜过之。

最使我喜欢的,是街上卖鲜花的,又多又好又便宜。红的茶花,黄的腊梅,白的水仙,配以金桔梅花,真使我看呆了。

有机会,必还到成都看看;那里一定还有许多可爱的东西与地方。希望成都人在抗战中,能更紧张一些,把人力财力尽量的拿出来,作为后方都市的模范;只是街平,房老,人从容,是没有多大用处的。北平的陷落,恐怕就是吃了“从容”的亏;成都,不要再以此自傲吧。

可爱的成都

到成都来，这是第四次。第一次是在四年前，住了五六天，参观全城的大概。第二次是在三年前，我随同西北慰劳团北征，路过此处，故仅留二日。第三次是慰劳归来，过此小住，留四日，见到不少的老朋友。这次——第四次——是受冯焕璋先生之约，去游灌县与青城山，由山上下来，顺便在成都玩几天。

成都是个可爱的地方。对于我，它特别的可爱，因为：

（一）我是北平人，而成都有许多与北平相似之处，稍稍使我减去些乡思。到抗战胜利后，我想，我总会再来一次，多住些时候，写一部以成都为背景的小说。在我的心中，此地方好像也都很像人似的，有个性格。我不喜上海，因为我抓不住它的性格，说不清它到底是怎么一回事。我不能与我所不明白的人交朋友，也不能描写我所不明白的地方。对成都，真的，我知道的事情太少了；但是，我相信会借它的光儿写出一点东西来。我似乎已看到了它的灵魂，因为它与北平相似。

（二）我有许多老友在成都。有朋友的地方就是好地方。

这诚然是个人的偏见，可是恐怕谁也免不了这样去想吧。况且成都的本身已经是可爱的呢。八年前，我曾在齐鲁大学教过书。七七抗战后，我又由青岛移回济南，仍住齐大。我由济南流亡出来，我的妻小还留在齐大，住了一年多。齐大在济南的校舍现在已被敌人完全占据，我的与朋友们的一切书籍器物已被劫一空，那么，今天又能在成都会见共患难的老友，是何等的快乐呢！衣物，器具，书籍，丢失了，有什么关系！我们还有命，还能各守岗位的去忍苦抗敌，这就值得共进一杯酒了！抗战前，我在山东大学也教过书。这次，在华西坝，无意中的也遇到几位山大的老友，“惊喜欲狂”一点也不是过火的形容。一个人的生命，我以为，是一半儿活在朋友中的。假若这句话没有什么错误，我便不能不“因人及地”的喜爱成都了。啊，这里还有几十位文艺界的友人呢！与我的年纪差不多的，如郭子杰，叶圣陶，陈翔鹤，诸先生，握手的时节，不知为何，不由的就彼此先看看头发——都有不少根白的了，比我年纪轻一点的呢，虽然头发不露痕迹，可是也都显着削瘦，霜鬓瘦脸本是应该引起悲愁的事，但是，为了抗战而受苦，为了气节而不肯折腰，瘦弱衰老不是很自然的结果么？这真是悲喜俱来，另有一番滋味了！

（三）我爱成都，因为它有手有口。先说手，我不爱古玩，第一因为不懂，第二因为没有钱。我不爱洋玩艺，第一因为它们洋气十足，第二因为没有美金。虽不爱古玩与洋东西，但是我喜爱现代的手造的相当美好的小东西。假若我们今天还能制造一些美好的物件，便是表示了我们民族的爱美性与创造力仍然存在，并不逊于古人。中华民族在雕刻，图画，建筑，制铜，造瓷……上都有特殊的天才。这种天才在造几张纸，制两块墨砚，打一张桌子，漆一两个小盒上都随时的表现出来。美的心灵使他们的手巧。我们不应随便丢失了这颗心。因此，我爱现代的手造的美好的东西。北平有许多这样的好东西，如地毯，珐琅，玩具……但是北平还没有成都这样多。成都还存着我们民族的巧手。我绝对不是反对机械，而只是说，我们在大的工业上必须采取西洋方法，在小工业上则须保存我们的手。谁知道这二者有无调谐的可能呢？不过，我想，人类文化的明日，恐怕不是家家造大炮，户户有坦克车，而是要以真理代替武力，以善美代替横暴。果然如此，我们便应想一想是否该把我们的心灵也机械化了吧？次说口：成都人多数健谈。文化高的地方都如此，因为“有”话可讲，但是，这且不在话下。

这次，我听到了川剧，洋琴，与竹琴。川剧的复杂与细腻，在重庆时我已领略了一点。到成都，我才听到真好的川剧。很佩服贾佩之，萧楷成，周企何诸先生的口。我的耳朵不十分笨，连昆曲——听过几次之后——都能哼出一半句来。可是，已经听过许多次川剧，我依然一句也哼不出。它太复杂，在牌子上，在音域上，恐怕它比任何中国的歌剧都复杂的好多。我希望能用心的去学几句。假若我能哼上几句川剧来，我想，大概就可以不怕学不会任何别的歌唱了。竹琴本很简单，但在贾树三的口中，它变成极难唱的东西。他不轻易放过一个字去，他用气控制着情，他用“抑”逼出“放”，他由细嗓转到粗嗓而没有痕迹。我希望成都的口，也和它的手一样，能保存下去。我们不应拒绝新的音乐，可也不应把旧的扫灭。恐怕新旧相通，才能产出新的而又是民族的东西来吧。

还有许多话要说，但是很怕越说越没有道理，前边所说的那一点恐怕已经是胡涂话啊！且就这机会谢谢侯宝璋先生给我在他的客室里安了行军床，吴先忧先生领我去看戏与洋琴，“文协”分会会员的招待，与朋友们的赏酒饭吃！

青蓉略记

今年八月初，陈家桥一带的土井已都干得滴水皆无。要水，须到小河沟里去“挖”。天既奇暑，又没水喝，不免有些着慌了。很想上缙云山去“避难”，可是据说山上也缺水。正在这样计无从出的时候，冯焕章先生来约同去灌县与青城。这真是福自天来了！

八月九日晨出发。同行者还有赖亚力与王冶秋二先生，都是老友，路上颇不寂寞。在来凤驿遇见一阵暴雨，把行李打湿了一点，临行买了一张席子遮在车上。打过尖，雨已晴，一路平安的到了内江。内江比二三年前热闹得多了，银行和旅馆都添增了许多家。傍晚，街上挤满了人和车。次晨七时又出发，在简阳吃午饭。下午四时便到了成都。天热，又因明晨即赴灌县，所以没有出去游玩，夜间下了一阵雨。

十一日早六时向灌县出发，车行甚缓，因为路上有许多小桥。路的两旁都有浅渠，流着清水；渠旁便是稻田；田埂上往往种着薏米，一穗穗的垂着绿珠。往西望，可以看见雪山。近处的山峰碧绿，远处的山峰雪白，在晨光下，绿的变为明翠，白的略带些玫瑰色，使人想一下子飞到那高远的地方去。还不到八时，便到了灌县。城不大，而处处是水，像一位身小而多乳的母亲，滋养着川西坝子的十好几县。住在任觉五先生的家中。孤零零的一所小洋房，两面都是雪浪激流的河，把房子围住，门前终日几乎没有一个行人，除了水声也没有别的声音。门外有些静静的稻田，稻子都有一人来高。远望便见到大面青城诸山，都是绿的。院中有一小盆兰花，时时放出香味。

青年团正在此举行夏令营，一共有千名以上的男女学生，所以街上特别的显着风光。学生和职员都穿汗衫短裤（女的穿短裙），赤脚着草鞋，背负大草帽，非常的精神。张文白将军与易君左先生都来看我们，也都是“短打扮”，也就都显着年轻了好多。夏令营本部在公园内，新盖的礼堂，新修的游泳池；原有一块不小的空场，即作为运动和练习骑马的地方。女学生也练习马术，结队穿过街市的时候，使居民们都吐吐舌头。

灌县的水利是世界闻名的。在公园后面的一座大桥上，便可以看到滚滚的雪水从离堆流进来。在古代，山上的大量雪水流下来，非河身所能容纳，故时有水患。后来，李冰父子把小山硬凿开一块，水乃分流——离堆便在凿开的那个缝子的旁边。从此双江分灌，到处划渠，遂使川西平原的十四五县成为最富庶的区域——只要灌县的都江堰一放水，这十几县便都不下雨也有用不完的水了。城外小山上有二王庙，供养的便是李冰父子。在庙中高处可以看见都江堰的全景。在两江未分的地方，有驰名的竹索桥。距桥不远，设有鱼嘴，使流水分家，而后一江外行，一江入离堆，是为内外江。到冬天，在鱼嘴下设阻碍，把水截住，则内江干涸，可以淘滩。春来，撤去阻碍，又复成河。据说，每到春季开水的时候,有多少万人来看热闹。在二王庙的墙上,刻着古来治水的格言,如深淘滩,低作堰……等。细细玩味这些格言,再看着江堰上那些实际的设施,便可以看出来,治水的诀窍只有一个字——“软”。水本力猛,遇阻则激而决溃,所以应低作堰,使之轻轻漫过,不至出险。水本急流而下,波涛汹涌,故中设鱼嘴,使分为二,以减其力;分而又分,江乃成渠,力量分散,就有益而无损了。作堰的东西只是用竹编的筐子,盛上大石卵。竹有弹性,而石卵是活动的,都可以用“四两破千斤”的劲儿对付那惊涛骇浪。用分化与软化对付无情的急流,水便老实起来,乖乖的为人们灌田了。

竹索桥最有趣。两排木柱,柱上有四五道竹索子,形成一条窄胡同儿。下面再用竹索把木板编在一处,便成了一座悬空的,随风摇动的,大桥。我在桥上走了走,虽然桥身有点动摇,虽然木板没有编紧,还看得到下面的急流——看久了当然发晕——可是绝无危险,并不十分难走。

治水和修构竹索桥的方法,我想,不定是经过多少年代的试验与失败,而后才得到成功的。而所谓文明者,我想,也不过就是能用尽心智去解决切身的问题而已。假若不去下一番功夫,而任着水去泛滥,或任着某种自然势力兴灾作祸,则人类必始终是穴居野处,自生自灭,以至灭亡。看到都江堰的水利与竹索桥,我们知道我们的祖先确有不甘屈服而苦心焦虑的去克服困难的精神。可是,在今天,我们还时时听到看到各处不是闹旱便是闹水,甚至于一些蝗虫也能教我们去吃树皮草根。可怜,也可耻呀!我们连切身的衣食问题都不去设法解决,还谈什么文明与文化呢?

灌县城不大，可是东西很多。在街上，随处可以看到各种的水果，都好看好吃。在此处，我看到最大的鸡卵与大蒜大豆。鸡蛋虽然已卖到一元二角一个，可是这一个实在比别处的大着一倍呀。雪山的大豆要比胡豆还大。雪白发光，看着便可爱！药材很多，在随便的一家小药店里，便可以看到雷震子，贝母，虫草，熊胆，麝香，和多少说不上名儿来的药物。看到这些东西，使人想到西边的山地与草原里去看一看。啊，要能到山中去割几脐麝香，打几匹大熊，够多威武而有趣呀！

物产虽多，此地的物价可也很高。只有吃茶便宜，城里五角一碗，城外三角，再远一点就卖二角了。青城山出茶，而遍地是水，故应如此。等我练好辟谷的工夫，我一定要搬到这一带来住，不吃什么，只喝两碗茶，或者每天只写二百字就够生活的了。

在灌县住了十天，才到青城山去。山在县城西南，约四十里。一路上，渠溪很多，有的浑黄，有的清碧：浑黄的大概是上流刚下了大雨。溪岸上往往有些野花，在树荫下幽闭的开着。山口外有长生观，今为荫堂中学校舍；秋后，黄碧野先生即在此教书。入了山，头一座庙是建福宫，没有什么可看的。由此拾阶而前，行五里，为天师洞——我们即住于此。由天师洞再往上走，约三四里，即到上清宫。天师洞上清宫是山中两大寺院，都招待游客，食宿概有定价，且甚公道。

从我自己的一点点旅行经验中，我得到一个游山玩水的诀窍："风景好的地方，虽无古迹，也值得去，风景不好的地方，纵有古迹，大可以不去。"古迹，十之八九，是会使人失望的。以上清宫和天师洞两大道院来说吧，它们都有些古迹，而一无足观。上清宫里有鸳鸯井，也不过是一井而有二口，一方一圆，一干一湿;看它不看,毫无关系。还有麻姑池,不过是一小方池浊水而已。天师洞里也有这类的东西,比如洗心池吧,不过是很小的一个水池;降魔石呢,原是由山崖裂开的一块石头,而硬说是被张天师用剑劈开的。假若没有这些古迹,这两座庙子的优美正自一点也不减少。上清宫在山头,可以东望平原,青碧千顷;山是青的,地也是青的,好像山上的滴翠慢慢流到人间去了的样子。在此,早晨可以看日出,晚间可以看圣灯;就是白天没有什么特景可观的时候,登高远眺,也足以使人心旷神怡。天师洞,与上清宫相反,是藏在山腰里,四面都被青山拥抱着,掩护着,我想把它叫作"抱翠洞",也许比原名更好一些。

不过,不管庙宇如何,假若山林无可观,就没有多大意思,因为庙以庄严整齐为主,成不了什么很好的景致。青城之值得一游,正在乎山的本身真好;即使它无一古迹,无一大寺,它还是值得一看的名山。山的东面倾斜,所以长满了树木,这占了一个"青"字。山的西面,全是峭壁千丈,如城垣,这占了一个"城"字。山不厚,由"青"的这一面转到"城"的那一面,只须走几里路便够了。山也不算高,由脚至顶不过十里路。既不厚,又不高,按说就必平平无奇了。但是不然。它"青",青得出奇,它不像深山老峪中那种老松凝碧的深绿,也不像北方山上的那种东一块西一块的绿,它的青色是包住了全山,没有露着山骨的地方;而且,这个笼罩全山的青色是竹叶,楠叶的嫩绿,是一种要滴落的,有些光泽的,要浮动的,淡绿。这个青色使人心中轻快,可是不敢高声呼唤,仿佛怕他那似滴未滴,欲动未动的青翠惊坏了似的。这个青色是使人吸到心中去的,而不是只看一眼,夸赞一声便完事的。当这个青色在你周围,你便觉出一种恬静,一种说不出，也无须说出的舒适。假若你非去形容一下不可呢，你自然的只会找到一个字——幽。所以，吴稚晖先生说："青城天下幽"。幽得太厉害了，便使人生畏；青城山却正好不太高，不太深，而恰恰不大不小的使人既不畏其旷，也不嫌它窄；它令人能体会到"悠然见南山"的那个"悠然"。

山中有报更鸟，每到晚间，即梆梆的呼叫，和柝声极相似，据道人说，此鸟不多，且永不出山。那天，寺中来了一队人，拿着好几枝猎枪，我很为那几只会击柝的小鸟儿担心，这种鸟儿有个缺欠，即只能打三更——梆，梆梆——无论是傍晚还是深夜，它们老这么叫三下。假若能给它们一点训练，教它们能从一更报到五更，有多么好玩呢！

白日游山，夜晚听报更鸟，"悠悠"的就过了十几天。寺中的桂花开始放香，我们恋恋不舍的离别了道人们。

返灌县城，只留一夜，即回成都。过郫县，我们去看了看望丛祠；没有什么好看的，地方可是很清幽，王法勤委员即葬于此。

成都的地方大，人又多，若把半个多月的旅记都抄写下来，未免太麻烦了。拣几项来随便谈谈吧。

（一）成都"文协"分会：自从川大迁开，成都"文协"分会因短少了不少会员，会务曾经有过一个时期不大旺炽。此次过蓉，分会全体会员举行茶会招待，到会的也还有四十多人，并不太少。会刊——《笔阵》——也由几小页扩充到好十几项的月刊，虽然月间经费不过才有百元钱。这样的努力，不能不令人钦佩！可惜，开会时没有见到李劼人先生，他上了乐山。《笔阵》所用的纸张，据说，是李先生设法给捐来的；大家都很感激他；有了纸，别的就容易办得多了。会上，也没见到圣陶先生，可是过了两天，在开明分店见到。他的精神很好，只是白发已满了头。他的少爷们，他告诉我，已写了许多篇小品文，预备出个集子，想找我作序，多么有趣的事啊！郭子杰先生陶雄先生都约我吃饭，牧野先生陪着我游看各处，还有陈翔鹤，车瘦舟诸先生约我聚餐——当然不准我出钱——都在此致谢。瞿冰森先生和中央日报的同仁约我吃真正成都味的酒席，更是感激不尽。

（二）看戏：吴先忧先生请我看了川剧，及贾瞎子的竹琴，德娃子的洋琴，这是此次过蓉最快意的事。成都的川剧比重庆的好得多，况且我们又看的是贾佩之，萧楷成，周慕莲，周企何几位名手，就更觉得出色了。不过，最使我满意的，倒还是贾瞎子的竹琴。乐器只有一鼓一板，腔调又是那么简单，可是他唱起来仿佛每一个字都有些魔力，他越收敛，听者越注意静听，及至他一放音，台下便没法不喝彩了。他的每一个字像一个轻打梨花的雨点，圆润轻柔；每一句是有声有色的一小单位；真是字字有力，句句含情。故事中有多少人，他要学多少人，忽而大嗓，忽而细嗓，而且不只变嗓，还要咬音吐字各尽其情；这真是点本领！希望再有上成都去的机会。多听他几次！

（三）看书：在蓉，住在老友侯宝璋大夫家里。虽是大夫，他却极喜爱字画。有几块闲钱，他便去买破的字画；这样，慢慢的他已收集了不少四川先贤的手迹。这样，他也就与西玉龙一带的古玩铺及旧书店都熟识了。他带我去游玩，总是到这些旧纸堆中来。成都比重庆有趣就在这里——有旧书摊儿可逛。买不买的且不去管，就是多摸一摸旧纸陈篇也是快事啊。真的，我什么也没买，书价太高。可是，饱了眼福也就不虚此行。一般的说，成都的日用物品比重庆的便宜一点，因为成都的手工业相当的发达，出品既多，同业的又多在同一条街上售货，价格当然稳定一些。鞋、袜、牙刷、纸张什么的，我看出来，都比重庆的相因着不少。旧书虽贵，大概也比重庆的便宜，假若能来往贩卖，也许是个赚钱的生意。不过，我既没发财的志愿，也就不便多此一举，虽然贩卖旧书之举也许是俗不伤雅的吧。

（四）归来：因下雨，迟至中秋前一日才动身返渝。中秋日下午五时到陈家桥，天还阴着。夜间没有月光，马马虎虎的也就忘了过节。这样也好，省得看月思乡，又是一番难过！

滇行短记

一

总没学会写游记。这次到昆明住了两个半月，依然没学会写游记，最好还是不写。但友人嘱寄短文，并以滇游为题。友情难违；就想起什么写什么。另创一路，则吾岂敢，聊以塞责，颇近似之，惭愧得紧！

二

八月二十六日早九时半抵昆明。同行的是罗莘田先生。他是我的幼时同学，现在已成为国内有数的音韵学家。老朋友在久别之后相遇，谈些小时候的事情，都快活得要落泪。

他住昆明青云街靛花巷，所以我也去住在那里。

住在靛花巷的，还有郑毅生先生，汤老先生[1]，袁家骅先生，许宝騄先生，郁泰然先生。

毅生先生是历史家，我不敢对他谈历史，只能说些笑话，汤老先生是哲学家，精通佛学，我偷偷的读他的晋魏六朝佛教史，没有看懂，因而也就没敢向他老人家请教。家骅先生在西南联大教授英国文学，一天到晚读书，我不敢多打扰他，只在他泡好了茶的时候，搭讪着进去喝一碗，赶紧告退。他的夫人钱晋华女士常来看我。到吃饭的时候每每是大家一同出去吃价钱最便宜的小馆。宝騄先生是统计学家，年轻，瘦瘦的，聪明绝顶。我最不会算术，而他成天的画方程式。他在英国留学毕业后，即留校教书，我想，他的方程式必定画得不错！假若他除了统计学，别无所知，我只好闭口无言，全没办法。可是，他还会唱三百多出昆曲。在昆曲上，他是罗莘田先生与钱晋华女士的"老师"。罗先生学昆曲，是要看看制曲与配乐的关系，属于哪声的字容或有一定的谱法，虽腔调万变，而不难找出个作谱的原则。钱女士学昆曲，因为她是个音乐家。我本来学过几句昆曲，到这里也想再学一点。可是，不知怎的一天一天的度过去，天天说拍曲，天天一拍也未拍，只好与许先生约定：到抗战胜利后，一同回北平去学，不但学，而且要彩唱！郁先生在许多别的本事而外，还会烹调。当他有工夫的时候，便作一二样小菜，沽四两市酒，请我喝两杯。这样，靛花巷的学者们的生活，并不寂寞。当他们用功的时候，我就老鼠似的藏在一个小角落里读书或打盹；等他们离开书本的时候，我也就跟着"活跃"起来。

---

① 汤老先生，即汤用彤。

此外，在这里还遇到杨今甫、闻一多、沈从文、卞之琳、陈梦家、朱自清、罗膺中、魏建功、章川岛……诸位文坛老将，好像是到了"文艺之家"。关于这些位先生的事，容我以后随时报告。

三

靛花巷是条只有两三人家的小巷，又狭又脏。可是，巷名的雅美，令人欲忘其陋。

昆明的街名，多半美雅。金马碧鸡等用不着说了，就是靛花巷附近的玉龙堆，先生坡，也都令人欣喜。

靛花巷的附近还有翠湖，湖没有北平的三海那么大，那么富丽，可是，据我看：比什刹海要好一些。湖中有荷蒲；岸上有竹树，颇清秀。最有特色的是猪耳菌，成片的开着花。此花叶厚，略似猪耳，在北平，我们管它叫做凤眼兰，状其花也；花瓣上有黑点，像眼珠。叶翠绿，厚而有光；花则粉中带蓝，无论在日光下，还是月光下，都明洁秀美。

云南大学与中法大学都在靛花巷左右，所以湖上总有不少青年男女，或读书，或散步，或划船。昆明很静，这里最静；月明之夕，到此，谁仿佛都不愿出声。

四

昆明的建筑最似北平，虽然楼房比北平多，可是墙壁的坚厚，椽柱的雕饰，都似"京派"。

花木则远胜北平。北平讲究种花,但夏天日光过烈,冬天风雪极寒,不易把花养好。昆明终年如春,即使不精心培植,还是到处有花。北平多树,但日久不雨,则叶色如灰,令人不快。昆明的树多且绿,而且树上时有松鼠跳动!入眼浓绿,使人心静,我时时立在楼上远望,老觉得昆明静秀可喜;其实呢,街上的车马并不比别处少。

至于山水,北平也得有愧色,这里,四面是山,滇池五百里——北平的昆明湖才多么一点点呀!山土是红的,草木深绿,绿色盖不住的地方露出几块红来,显出一些什么深厚的力量,教昆明城外到处使人感到一种有力的静美。

四面是山,围着平坝子,从高处看稻田万顷。海田之间,相当宽的河堤有许多道,都有几十里长,满种着树木。万顷稻,中间画着深绿的线,虽然没有怎样了不起的特色,可也不是怎的总看着像画图。

五

在西南联大讲演了四次。

第一次讲演,闻一多先生作主席。他谦虚的说:大学里总是作研究工作,不容易产出活的文学来……我答以:抗战四年来,文艺写家们发现了许多文艺上的问题,诚恳的去讨论。但是,讨论的第二步,必是研究,否则不易得到结果;而写家们忙于写作,很难静静的坐下去作研究;所以,大学里作研究工作,是必要的,是帮着写家们解决问题的。研究并不是崇古鄙今,而是供给新文艺以有益的参考,使新文艺更坚实起来。譬如说:这两年来,大家都讨论民族形式问题，但讨论的多半是何谓民族形式，与民族形式的源泉何在；至于其中的细腻处，则必非匆匆忙忙的所能道出，而须一项一项的细心研究了。近来，罗莘田先生根据一百首北方俗曲，指出民间诗歌用韵的活泼自由，及十三辙的发展，成为小册。这小册子虽只谈到了民族形式中的一项问题，但是老老实实详详细细的述说，绝非空论。看了这小册子，至少我们会明白十三辙已有相当长久的历史，和它怎样代替了官样的诗韵；至少我们会看出民间文艺的用韵是何等活动，何等大胆——也就增加了我们写作时的勇气。罗先生是音韵学家，可是他的研究结果就能直接有助于文艺的写作，我愿这样的例子一天比一天多起来。

六

正是雨季，无法出游。讲演后，即随莘田下乡——龙泉村。村在郊北，距城约二十里，北大文科研究所在此。冯芝生、罗膺中、钱端升、王了一、陈梦家诸教授都在村中住家。教授们上课去，须步行二十里。

研究所有十来位研究生，生活至苦，用工极勤。三餐无肉，只炒点“地蛋”丝当作菜。我既佩服他们苦读的精神，又担心他们的健康。莘田患恶性摆子，几位学生终日伺候他，犹存古时敬师之道，实为难得。

莘田病了，我就写剧本。

七

研究所在一个小坡上——村人管它叫“山”。在山上远望，可以看见蟠龙江。快到江外的山坡，一片松林，是黑龙潭。晚上，山坡下的村子都横着一些轻雾；驴马带着铜铃，顺着绿堤，由城内回乡。

冯芝生先生领我去逛黑龙潭，徐旭生先生住在此处。此处有唐梅宋柏；旭老的屋后，两株大桂正开着金黄花。唐梅的干甚粗，但活着的却只有二三细枝——东西老了也并不一定好看。

坐在石凳上，旭老建议：中秋夜，好不好到滇池去看月；包一条小船，带着乐器与酒果，泛海竟夜。商议了半天，毫无结果。（一）船价太贵。（二）走到海边，已须步行二十里，天亮归来，又须走二十里，未免太苦。（三）找不到会玩乐器的朋友。看滇池月，非穷书生所能办到的呀！

八

中秋。莘田与我出了点钱，与研究所的学员们过节。吴晓铃先生掌灶，大家帮忙，居然作了不少可口的菜。饭后，在院中赏月，有人唱昆曲。午间，我同两位同学去垂钓，只钓上一二条寸长的小鱼。

九

莘田病好了一些。我写完了话剧《大地龙蛇》的前二幕。约了膺中、了一、和众研究生,来听我朗读。大家都给了些很好的意见,我开始修改。

对文艺,我实在不懂得什么,就是愿意学习,最快活的,就是写得了一些东西,对朋友们朗读,而后听大家的批评。一个人的脑子,无论怎样的缜密,也不能教作品完全没有漏隙,而旁观者清,不定指出多少窟窿来。

十

从文和之琳约上呈贡——他们住在那里,来校上课须坐火车。莘田病刚好,不能陪我去,只好作罢。我继续写剧本。

十一

岗头村距城八里,也住着不少的联大的教职员。我去过三次,无论由城里去,还是由龙泉村去,路上都很美。走二三里,在河堤的大树下,或在路旁的小茶馆,休息一下,都使人舍不得走开。

村外的小山上,有涌泉寺,和其他的云南的寺院一样,庭中有很大的梅树和桂树。桂树还有一株开着晚花,满院都是香的。庙后有泉,泉水流到寺外,成为小溪;溪上盛开着秋葵和说不上名儿的香花，随便折几枝，就够插瓶的了。我看到一两个小女学生在溪畔端详哪枝最适于插瓶——涌泉寺里是南菁中学。

在南菁中学对学生说了几句话。我告诉他们：各处缠足的女子怎样在修路，抬土，作着抗建的工作。章川岛先生的小女儿下学后，告诉她爸爸："舒伯伯挖苦了我们的脚！"

十二

离龙泉村五六里，为凤鸣山。山上有庙，庙有金殿——一座小殿，全用铜筑。山与庙都没什么好看，倒是遍山青松，十分幽丽。

云南的松柏结果都特别的大。松塔大如菠萝，柏实大如枣。松子几乎代替了瓜子，闲着没事的时候，大家总是买些松子吃着玩，整船的空的松塔运到城中；大概是作燃料用，可是凤鸣山的青松并没有松塔儿，也许是另一种树吧，我叫不上名字来。

十三

在龙泉村，听到了古琴。相当大的一个院子，平房五六间。顺着墙，丛丛绿竹。竹前，老梅两株，瘦硬的枝子伸到窗前。巨杏一株，阴遮半院。绿阴下，一案数椅，彭先生弹琴，查先生吹箫；然后，查先生独奏大琴。

在这里，大家几乎忘了一切人世上的烦恼！

这小村多么污浊呀，路多年没有修过，马粪也数月没有扫除过，可是在这有琴音梅影的院子里，大家的心里却发出了香味。

查阜西先生精于古乐。虽然他与我是新识,却一见如故,他的音乐好,为人也好。他有时候也作点诗——即使不作诗,我也要称他为诗人呵!

与他同院住的是陈梦家先生夫妇,梦家现在正研究甲骨文。他的夫人,会几种外国语言,也长于音乐,正和查先生学习古琴。

十四

在昆明两月,多半住在乡下,简直的没有看见什么。城内与郊外的名胜几乎都没有看到。战时,古寺名山多被占用;我不便为看山访古而去托人情,连最有名的西山,也没有能去。在城内靛花巷住着的时候,每天我必倚着楼窗远望西山,想象着由山上看滇池,应当是怎样的美丽。山上时有云气往来,昆明人说:"有雨无雨看西山"。山峰被云遮住,有雨,峰还外露,虽别处有云,也不至有多大的雨。此语,相当的灵验。西山,只当了我的阴晴表,真面目如何,恐怕这一生也不会知道了;哪容易再得到游昆明的机会呢!

到城外中法大学去讲演了一次,本来可以顺脚去看筑竹寺的五百罗汉塑像。可是,据说也不能随便进去,况且,又落了雨。

连城内的园通公园也只可游览一半,不过,这一半确乎值得一看。建筑的大方,或较北平的中山公园还好一些;至于石树的幽美,则远胜之,因为中山公园太"平"了。

同查阜西先生逛了一次大观楼。楼在城外湖边,建筑无可观,可是水很美。出城,坐小木船。在稻田中间留出来的水道上慢慢的走。稻穗黄,芦花已白,田坝旁边偶尔还有几穗凤眼兰。远处，稻田之外，万顷碧波，缓动着风帆——到昆阳去的水路。

大观楼在公园内，但美的地方却不在园内，而在园外。园外是滇池，一望无际。湖的气魄，比西湖与颐和园的昆明池都大得多了。在城市附近，有这么一片水，真使人狂喜。湖上可以划船，还有鲜鱼吃。我们没有买舟，也没有吃鱼，只在湖边坐了一会看水。天上白云，远处青山，眼前是一湖秋水，使人连诗也懒得作了。作诗要去思索，可是美景把人心融化在山水风花里，像感觉到一点什么，又好像茫然无所知，恐怕坐湖边的时候就有这种欣悦吧？在此际还要寻词觅字去作诗，也许稍微笨了一点。

十五

剧本写完，今年是我个人的倒霉年。春初即患头晕，一直到夏季，几乎连一个字也没有写。没想到，在昆明两月，倒能写成这一点东西——好坏是另一问题，能动笔总是件可喜的事。

十六

剧本既已写成，就要离开昆明，多看一些地方。从文与之琳约上呈贡，因为莘田病初好，不敢走路，没有领我去，只好延期。我很想去，一来是听说那里风景很好，二来是要看看之琳写的长篇小说！——已经写了十几万字，还在继续的写。

十七

查阜西先生愿陪我去游大理。联大的友人们虽已在昆明二三年,还很少有到过大理的。大家都盼望我俩的计划能实现。于是我们就分头去接洽车子。

有几家商车都答应了给我们座位,我们反倒难于决定坐哪一家的了。最后,决定坐吴晓铃先生介绍的车,因为一行四部卡车,其中的一位司机是他的弟弟。兄弟俩一定教我们坐那部车,而且先请我们吃了饭,吃饭的时候,我笑着说:“这回,司机可教黄鱼给吃了!”

十八

一上了滇缅公路,便感到战争的紧张;在那静静的昆明城里,除了有空袭的时候,仿佛并没有什么战争与患难的存在。在我所走过的公路中,要算滇缅公路最忙了,车,车,车,来的,去的,走着的,停着的,大的,小的,到处都是车!我们所坐的车子是商车,这种车子可以搭一两个客,客人按公路交通车车价十分之二买票。短途搭脚的客人,只乘三五十里,不经过检查站,便无须打票,而作黄鱼;这是司机者的一笔“外找”。官车有押车的人,黄鱼不易上去;这批买卖多半归商车作。商车的司机薪水既高,公物安全的到达,还有奖金;薪水与奖金凑起来,已近千元,此外且有外找,差不多一月可以拿到两三千元。因为入款多,所以他们开车极仔细可靠。同时,他们也敢享受。公家车子的司机待遇没有这么高;而到处物价都以商车司机的阔气为标准,所以他们开车便理直气壮。据说,不久的将来,沿途都要为司机们设立招待所,以低廉的取价,供给他们相当舒适的食宿,使他们能饱食安眠,得到一些安慰。希望这计划能早早实现!

第一天,到晚八时余,我们才走了六十三公里!我们这四部车没有押车的,因为押车的既没法约束司机,跟来是自讨无趣,而且时时耽误了工夫——一与司机冲突,则车不能动——一到时候交不上货去。押车员的地位,被司机的班长代替了,而这位班长绝对没有办事的能力。已走出二十公里,他忘记了交货证;回城去取。又走了数里,他才想起,没有带来机油,再回去取来!商车,假若车主不是司机出身,只有赔钱!

六十三公里的地方,有一家小饭馆,一位广东老人,不会说云南话,也不会说任何异于广东话的言语,作着生意。我很替他着急,他却从从容容的把生意作了;广东人的精神!

没有旅馆,我们住在一家人家里。房子很大,院中极脏。又赶上落了一阵雨,到处是烂泥,不幸而滑倒,也许跌到粪堆里去。

十九

第二天一早动身,过羊老哨,开始领略出滇缅路的艰险。司机介绍,从此到下关,最险的是圾山坡和天子庙,一上一下都有二十多公里。不过,这样远都是小坡,真正危险的地方还须过下关才能看到;有的地方,一上要一整天,一下又要一整天!

山高弯急,比川陕与西兰公路都更险恶。说到这里,也就难怪司机们要享受一点了,这是玩命的事啊!我们的司机,真谨慎:见迎面来车,马上停住让路;听后面有响声,又立刻停住让路;虽然他开车的技巧很好,可是一点也不敢大意。遇到大坡,车子一步一哼,不肯上去,他探着身(他的身量不高),连眼皮似乎都不敢眨一眨。我看得出来,到下午三四点钟的时候,他已经有点支持不住了。

在禄丰打尖,开铺子的也多是广东人。县城距公路还有二三里路,没有工夫去看。打尖的地方是在公路旁新辟的街上。晚上宿在镇南城外一家新开的旅舍里,什么设备也没有,可是住满了人。

二十

第三天经过圾山坡及天子庙两处险坡。终日在山中盘旋。山连山,看不见村落人烟。有的地方,松柏成林;有的地方,却没有多少树木。可是,没有树的地方,也是绿的,不像北方大山那样荒凉。山大都没有奇峰,但浓翠可喜;白云在天上轻移,更教青山明媚。高处并不冷,加以车子越走越热,反倒要脱去外衣了。

晚上九点,才到下关车站。几乎找不到饭吃,因为照规矩须在日落以前赶到,迟到的便不容易找到东西吃了。下关在高处,车子都停在车站。站上的旅舍饭馆差不多都是新开的,既无完好的设备,价钱又高,表示出“专为赚钱,不管别的”的心理。

公路局设有招待所,相当的洁净,可是很难有空房。我们下了一家小旅舍,门外没有灯,门内却有一道臭沟,一进门我就掉在沟里!楼上一间大屋,设床十数架,头尾相连,每床收钱三元。

客人们要有两人交谈的，大家便都需陪着不睡，因为都在一间屋子里。

这样的旅舍要三元一铺，吃饭呢，至少须花十元以上，才能吃饱。司机者的花费，即使是绝对规规矩矩，一天也要三四十元咧。

二十一

下关的风，上关的花，苍山的雪，洱海的月，为大理四景。据说下关的风虽多，而不进屋子。我们没遇上风，不知真假。我想，不进屋子的风恐怕不会有，也许是因这一带多地震，墙壁都造得特别厚，所以屋中不大受风的威胁吧。

早晨，车子都开了走，下关便很冷静；等到下午五六点钟的时候，车子都停下，就又热闹起来。我们既不愿白日在旅馆里呆坐，也不喜晚间的嘈杂，便马上决定到喜洲镇去。

由下关到大理是三十里，由大理到喜洲镇还有四十五里。看苍山，以在大理为宜；可是喜洲镇有我们的朋友，所以决定先到那里去。我们雇了两乘滑竿。

这里抬滑竿的多数是四川人。本地人是不愿卖苦力气的。

离开车站，一拐弯便是下关。小小的一座城，在洱海的这一端，城内没有什么可看的。穿出城，右手是洱海，左手是苍山，风景相当的美。可惜，苍山上并没有雪；据轿夫说，是几天没下雨，故山上没有雪——地上落雨，山上就落雪，四季皆然。

到处都有流水，是由苍山流下的雪水。缺雨的时候，即以雪水灌田，但是须向山上的人购买；钱到，水便流过来。

沿路看到整齐坚固的房子,一来是因为防备地震,二来是石头方便。

在大理城内打尖。长条的一座城,有许多家卖大理石的铺子。铺店的牌匾也有用大理石作的,圆圆的石块,嵌在红木上,非常的雅致。城中看不出怎样富庶,也没有多少很体面的建筑,但是在晴和的阳光下,大家从从容容的作着事情,使人感到安全静美。谁能想到,这就是杜文秀抵抗清兵十八年的地方啊!

太阳快落了,才看到喜洲镇。在路上,被日光晒得出了汗;现在,太阳刚被山峰遮住,就感到凉意。据说,云南的天气是一岁中的变化少,一日中的变化多。

二十二

洱海并不像我们想象的那么美。海长百里,宽二十里,是一个长条儿,长而狭便一览无余,缺乏幽远或苍茫之气;它像一条河,不像湖。还有,它的四面都是山,可是山——特别是紧靠湖岸的——都不很秀,都没有多少树木。这样,眼睛看到湖的彼岸,接着就是些平平的山坡了;湖的气势立即消散,不能使人凝眸伫视——它不成为景!

湖上的渔帆也不多。

喜洲镇却是个奇迹。我想不起,在国内什么偏僻的地方,见过这么体面的市镇,远远的就看见几所楼房,孤立在镇外,看样子必是一所大学校。我心中暗喜;到喜洲来,原为访在华中大学的朋友们;假若华中大学有这么阔气的楼房,我与查先生便可以舒舒服服的过几天了。及仔细一打听,才知道那是五台中学,地方上士绅捐资建筑的,花费了一百多万,学校正对着五台高峰,故以五台名。

一百多万,是的,这里的确有出一百多万的能力。看,镇外的牌坊,高大,美丽,通体是大理石的,而且不止一座呀!

进到镇里,仿佛是到了英国的剑桥,街旁到处流着活水:一出门,便可以洗菜洗衣,而污浊立刻随流而逝。街道很整齐,商店很多。有图书馆,馆前立着大理石的牌坊,字是贴金的!有警察局。有像王宫似的深宅大院,都是雕梁画柱。有许多祠堂,也都金碧辉煌。

不到一里,便是洱海。不到五六里便是高山。山水之间有这样的一个镇市,真是世外桃源啊!

二十三

华中大学却在文庙和一所祠堂里。房屋又不够用,有的课室只像卖香烟的小棚子。足以傲人的,是学校有电灯。校车停驶,即利用车中的马达磨电。据说,当电灯初放光明的时节,乡人们“不远千里而来”“观光”。用不着细说,学校中一切的设备,都可以拿这样的电灯作象征——设尽方法,克服困难。

教师们都分住在镇内,生活虽苦,却有好房子住。至不济,还可以租住阔人们的祠堂——即连壁上都嵌着大理石的祠堂。

四年前,我离家南下,到武汉便住在华中大学。隔别三载,朋友们却又在喜洲相见,是多么快活的事呀!住了四天,天天有人请吃鱼:洱海的鱼拿到市上还欢跳着。“留神破产呀!”客人发出警告。可是主人们说:“谁能想到你会来呢?!破产也要痛快一下呀!”

我给学生们讲演了三个晚上,查先生讲了一次。五台中学也约去讲演,我很怕小学生们不懂我的言语,因为学生们里有的是讲民家话的。民家话属于哪一语言系统,语言学家们还正在讨论中。在大理城中,人们讲官话,城外便要说民家话了。到城里作事和卖东西的,多数的人只能以官话讲价钱,和说眼前的东西的名称,其余的便说不上来了。所谓“民家”者,对官家军人而言,大概在明代南征的时候,官吏与军人被称为官家与军家,而原来的居民便成了民家。

民家人是谁?民家语是属于哪一系统?都有人正在研究。民家人的风俗,神话,历史,也都有研究的价值。云南是学术研究的宝地,人文而外,就单以植物而言,也是兼有温带与寒带的花木啊。

二十四

游了一回洱海,可惜不是月夜。湖边有不少稻田,也有小小的村落。阔人们在海中建起别墅别有天地。这些人是不是发国难财的,就不得而知了。

也游了一次山,山上到处响着溪水,东一个西一个的好多水磨。水比山还好看!苍山的积雪化为清溪,水浅绿,随处在石块左右,翻起白花,水的声色,有点像瑞士的。

山上有罗刹阁。菩萨化为老人,降伏了恶魔罗刹父子,压于宝塔之下。这类的传说,显然是佛教与本土的神话混合而成的。经过分析,也许能找出原来的宗教信仰,与佛教输入的情形。

二十五

此地,妇女们似乎比男人更能干。在田里下力的是妇女,在场上卖东西的是妇女,在路上担负粮柴的也是妇女。妇女,据说,可以养着丈夫,而丈夫可以在家中安闲的享福。

妇女的装束略同汉人,但喜戴些零七八碎的小装饰。很穷的小姑娘老太婆,尽管衣裙破旧,也戴着手镯。草帽子必缀上两根红绿的绸带。她们多数是大足,但鞋尖极长极瘦,鞋后跟钉着一块花布,表示出也近乎缠足的意思。

听说她们很会唱歌,但是我没有听见一声。

二十六

由喜洲回下关,并没在大理停住,虽然华中的友人给了我们介绍信,在大理可以找到住处。大理是游苍山的最合适的地方。我们所以直接回下关者,一来因为不愿多打扰生朋友,二来是车子不好找,须早为下手。

回到下关,范会逵先生来访,并领我们去洗温泉。云南这一带温泉很多,而且水很热。我们洗澡的地方,安有冷水管,假若全用泉水,便热得下不去脚了。泉下,一个很险要的地方,两面是山,中间是水,有一块碑,刻着汉诸葛武侯擒孟获处。碑是光绪年间立的,不知以前有没有?

范先生说有小车子回昆明,教我们乘搭。在这以前,我们已交涉好滇缅路交通车,即赶紧辞退,可是,路局的人员约我去演讲一次。他们的办公处,在湖边上,一出门便看见山水之胜。小小的一个聚乐部,里面有些书籍。职员之中,有些很爱好文艺的青年。他们还在下关演过话剧。他们的困难是找不到合适的剧本。他们的人少,服装道具也不易置办,而得到的剧本,总嫌用人太多,场面太多,无法演出。他们的困难,我想,恐怕也是各地方的热心戏剧宣传者的困难吧,写剧的人似乎应当注意及此。

讲演的时候,门外都站满了人。他们不易得到新书,也不易听到什么,有朋自远方来,当然使他们兴奋。

在下关旅舍里,遇见一位新由仰光回来的青年,他告诉我:海外是怎样的需要文艺宣传。有位"常任侠"——不是中大的教授——声言要在仰光等处演戏,需钱去接来演员。演员们始终没来一个,而常君自己已骗到手十多万!

二十七

小车子一天赶了四百多公里,早六时半出发,晚五时就开到了昆明。

预备作两件事:一件是看看滇戏,一件是上呈贡。滇戏没看到,因为空袭的关系,已很久没有彩唱,而只有"坐打"。呈贡也没去成。预定十一月十四日起身回渝,十号左右可去呈贡,可是忽然得到通知,十号可以走,破坏了预定计划。

十日,恋恋不舍的辞别了众朋友。

割盲肠记

六月初来北碚，和赵清阁先生合写剧本——《桃李春风》。剧本草成，“热气团”就来了，本想回渝，因怕遇暑而止。过午，室中热至百另三四度，乃早五时起床，抓凉儿写小说。原拟写个中篇，约四万字。可是，越写越长，至九月中已得八万余字。秋老虎虽然还很利害，可是早晚到底有些凉意，遂决定在双十节前后赶出全篇，以便在十月中旬回渝。

有什么样的环境，才有什么样的神经过敏。因为巴蜀“摆子”猖狂，所以我才身上一冷，便马上吃昆宁。同样的，朋友们有许多患盲肠炎的，所以我也就老觉得难免一刀之苦。在九月末旬，我的右胯与肚脐之间的那块地方，开始有点发硬；用手摸，那里有一条小肉岗儿。“坏了！”我自己放了警报：“盲肠炎！”赶紧告诉了朋友们，即便是谎报，多骗取他们一点同情也怪有意思！

朋友们的回答几乎是一致的——神经过敏！我申说部位是对的，并且量给他们看，怎奈他们还不信。我只好以自己的医学知识丰富自慰，别无办法。

老舍在重庆与家人团聚

过了两天,肚中的硬结依然存在。并且作了个割盲肠的梦!把梦形容给萧伯青兄。他说:恐怕是下意识的警告!第二天夜里,一夜没睡好,硬的地方开始一窝一窝的疼,就好像猛一直腰,把肠子或别处扯动了那样。一定是盲肠炎了!我静候着发烧,呕吐,和上断头台!可是,使我很失望,我并没有发烧,也没有呕吐!到底是怎回事呢?

十月四日,我去找赵清阁先生。她得过此病,一定能确切的指示我。她说,顶好去看看医生。她领我上了江苏医学院的附设医院。很巧,外科刘主任(玄三)正在院里。他马上给我检查。

"是!"刘主任说。

"暂时还不要紧吧?"我问。我想写完了小说和预支了一些稿费的剧本,再来受一刀之苦。

“不忙!慢性的!”刘主任真诚而和蔼的说。他永远真诚,所以绰号人称刘好人。

我高兴了。并非为可以缓期受刑,而是为可以先写完小说与剧本;文艺第一,盲肠次之!

可是,当我告辞的时候,刘主任把我叫住:“看看白血球吧!”

一位穿白褂子的青年给我刺了“耳朵眼”。验血。结果!一万好几百!刘主任吸了口气:“马上割吧!”我的胸中恶心了一阵,头上出了凉汗。我不怕开刀,可是小说与剧本都急待写成啊!特别是那个剧本,我已预支了三千元的稿费!同时,在顷刻之间,我又想到:白血球既然很多,想必不妙,为何等着受发烧呕吐等等苦楚来到再受一刀之苦呢?一天不割,便带着一天的心病,何不从早解决呢?

“几时割?”我问。心中很闹得慌,像要吐的样子。

“今天下午!”

随着刘主任,我去交了费,定了房间。

没有吃午饭。托青兄给买了一双新布鞋,因为旧的一双的底子已经有很大的窟窿。心里说:穿新鞋子入医院,也许更能振作一些。

下午一时。自己提着布袋,去找赵先生。二时,她送我入院——她和大夫护士们都熟识。

房间很窄,颇像个棺材。可是,我的心中倒很平静,顺口答音的和大家说笑,护士们来给我打针,敷消毒药,腰间围了宽布。诸事齐备,我轻轻的走入手术室,穿着新鞋。

屈着身。吴医生给我的脊梁上打了麻醉针。不很疼。护士长是德州的护士学校毕业的。她还认识我:在她毕业的时候,我正在德州讲演。这已是十年前的事了。她低声的说:“舒先生,不怕啊!”我没有怕,我信任西医;况且割盲肠是个小手术。朋友们——老向,萧伯青,萧亦五,清阁,李佩珍……——都在窗外“偷”看呢,我更得挣扎着点!

下部全麻了。刘主任进来。吱——腹上还微微觉到疼。“疼啊!”我报告了一声。“不要紧!”刘主任回答。腹里捣开了乱,我猜想:刘主任的手大概是伸进去了。我不再出声。心中什么也不想。我以为这样老实的受刑,盲肠必会因受感动而也许自动的跳出来。

不过,盲肠到底是“盲肠”,不受感动!麻醉的劲儿朝上走,好像用手推着我的胃;胃部烧得非常的难过,使我再也不能忍耐。吐了两口。“胃里烧得难过呀!”我喊出来。“忍着点!马上就完!”刘主任说。我又忍着,我听得见刘主任的声音:“擦汗!”“小肠!”“放进去!”“拿钩子!”“摘眼镜!”……我心里说:“坏了!找不到!”我问了:“找到没有?”刘主任低切的回答:“马上找到!不要出声!”

窗外的朋友们比我还着急:“坏了!莫非盲肠已经烂掉?”

我机械的,一会儿一问:“找到没有?”而得到的回答只是:“莫出声!”

苦了刘主任与助手们,室内没有电灯。两位先生立在小凳上,打着电棒。夹伤口的先生们,正如打电棒的始终不能休息片刻。整整一个钟头!

一个钟头了,盲肠还未露面!

我的鼻子上来了点怪味。大概是吴医生的声音:“数一二三四!”我数了好几个一二三四,声音相当的响亮。末了,口中一噎,就像刮大风在城门洞中喝了一大口风似的我睡过去,生命成了空白。

睁开眼,我恍惚的记得梁实秋先生和伯青兄在屋中呢。其实屋中有好几位朋友,可是我似乎没有看见他们。在这以前,据朋友们告诉我,我已经出过声音,我自己一点也不记得。我的第一声是高声的喊王抗——老向的小男孩。也许是在似醒非醒之中,我看见王抗翻动我的纸笔吧,所以我大声的呼叱他;我完全记不得了。第二次出声是说了一串中学时的同学的外号:老向,范烧饼,闪电手,电话西局……弄得大家都莫名其妙。生命在这时候是一片云雾,在记忆中飘来飘去,偶然的露出一两个星星。

再睁眼,我看见刘主任坐在床沿上。我记得问他:“找到没有?割了吗?”这两个问题,在好几个钟头以内始终在我的口中,因为我只记得全身麻醉以前的事。

我忘了我是在病房里,我以为我是在伯青的屋中呢。我问他:“为什么我躺在这儿呢?这里多么窄小啊!”经他解释一番,我才想起我是入了医院。生命中有一段空白,也怪有趣!

一会儿,我清醒;一会儿又昏迷过去。生命像春潮似的一进一退。清醒了;我就问:找到了吗?割去了吗?

口中的味道像刚喝过一加仑汽油,出气的时候,心中舒服?吸气的时候,觉得昏昏沉沉。生命好像悬在这一呼一吸之间。

胃里作烧,脊梁酸痛,右腿不能动,因打过了一瓶盐水。不好受。我急躁,想要跳起来。苦痛而外,又有一种渺茫之感,比苦痛还难受。不管是清醒,还是昏迷着,我老觉得身上丢失了一点东西。猛孤仃的,我用手去摸。像摸钱袋或要物在身边没有那样。摸不到什么,我于失望中想起:噢,我丢失的是一块病。可是,这并不能给我安慰,好像即使是病也不该遗失;生命是全的,丢掉一根毫毛也不行!这时候,自怜与自叹控制住我自己,我觉得生命上有了伤痕,有了亏损!已经一天没吃东西;现在,连开水也不准喝一口——怕引起呕吐而震动伤口。我并不觉得怎样饥渴。胃中与脊梁上难过比饥渴更厉害,可是也还挣扎去忍受。真正恼人的倒是那点渺茫之感。我没想到死,也没盼祷赶快痊愈,我甚至于忘记了赶写小说那回事。我只是飘飘摇摇的感到不安!假若他们把割下的盲肠摆在我的面前,我也许就可以捉到一点什么而安心去睡觉。他们没有这样作。我呢,就把握不到任何实际的东西,而惶惑不安。我失去了自信,不知道自己是干什么呢!因此我烦躁,发脾气,苦了看守我的朋友!

老向,璧如,伯青,齐致贤,席征庸诸兄轮流守夜;李佩珍小姐和萧亦五兄白天亦陪伴。我不知道怎样感激他们才好!医院中的护士不够用,饭食很苦,所以非有人招呼我不可。

体温最高的时候只到三十八度,万幸!虽然如此,我的唇上的皮还干裂得脱落下来,眼底有块青点,很像四眼狗。

最难过的是最初的三天。时间,在苦痛里,是最忍心的;多慢哪!每一分钟都比一天还长!到第四天,一切都换了样子;我又回到真实的世界上来,不再悬挂在梦里。

本应当十天可以出院,可是住了十六天,缝伤口的线粗了一些,不能完全消化在皮肉里;没有成脓,但是汪儿黄水。刘主任把那节不愿永远跟随着我的线抽了出来,腹上张着个小嘴。直到这小嘴完全干结我才出院。

神经过敏也有它的好处。假若我不“听见风就是雨”,而不去检查,一旦爆发,我也许要受很大很大的苦处。我的盲肠部位不对。不知是何原因,它没在原处,而跑到脐的附近去,所以急得刘主任出了好几身大汗。假若等到它汇了脓再割,岂不很危险?我感谢医生们和朋友们,我似乎也觉得感谢自己的神经过敏!引为遗憾的也有二事:(一)赵清阁先生与我合写的《桃李春风》在渝上演,我未能去看。(二)家眷来渝,我也未能去迎接。我极想看到自己的妻与儿女,可是一度神经过敏教我永远不会粗心大意,我不敢冒险!

自　遣

去年在北碚养病的时候我作了一首小诗："雾里梅花江上烟，小三峡外又新年；病中逢酒仍须醉，家在芦沟桥北边！"

既病，又值新年，故有流离之感。可是，这只是那一时的感触。及至身体好了一些，便又忘了病痛与乡思，而想打起精神去做事；即使终身流浪，只要儿辈能"家祭无忘告尔翁"以胜利的消息，便死也安心了。

可是，直到今天，身体还未全好，每逢说多了话，或写多了字，头就发晕。非常的着急，但心越急头便越昏！病是我自己的最大的仇敌！医生嘱咐多吃猪肝脑菠菜与豆腐。可是住在别人的家里，怎好意思发号施令呢？况且，肉已难买到手，还能强使人家专为我自己去找肝与脑吗？有时候，我后悔结过婚；假若我是独身汉，大概就不会在无聊的时候因想念儿女皱眉。没有闲愁，或者就可多写出一些东西。及至遇到了猪肝这一类问题，我又否定了这个悔意，而切盼家眷能够西来；人生要有多少小小的矛盾才算及格呢?!

且不提新的工作，去年未写完的东西到今天还都秃着尾巴。

《剑北篇》,到去年秋季,只成了28段。所余的材料,大概还够写12段的。28加12,整40。即使40段未能有一万行——原本是想写成一万行的——可是40这个数倒还齐整,就此结束,未为不可。可是过半年了,并没在28段之外多添上一个字。每逢空袭,我必抱着那足以再成12段的材料入洞;纸已有了破烂的地方,而我还没能把这些将要模糊的字变成韵语。这简直是块心病!是的,即使我能写成40段,它们能算作诗不算,还是个问题,我知道。那么,写完或写不完,又有什么关系呢?不过,"把戏是假的,工夫是真的",我愿把它写完。假若我去扫地,我愿把地扫干净。同样的,虽然写得完整并不就是写得美好,我还愿把它写完。我总觉得有始有终是个好的习惯,虽然这个办法也许并不适用于文艺习作上。

今年春天,《新蜀报》决定出文艺丛书,就把《剑北篇》的前20段要了去,先出上册;等全篇写完,再出下册。上册刚刚印好,恰遇上新蜀印厂失火,同归于尽。莫非这是一个什么谴责么?虽然我并不迷信。

《无形的防线》是个四幕的剧本,从去冬到现在只有了两幕。已写成的两幕,经朋友们看过之后,必须大加改正,才能使三四幕有好戏。可是,这该改正的几十张纸也只作了我的伴侣,别无关系。看见它们,我就伤心;拿起笔来,我就头晕!

《面子问题》——三幕剧本——算是写完了。写完它的那一天,我的头晕开始。有好多新的意思,写完才想起来,都应当加进去,势必得从头另写;头晕阻止了我那么办。

旧欠未清,新的工作就无从说起。今天,可已又到了七七——半年多,什么也没写出来!

头一个七七，我在青岛。第二个七七，在武昌。第三个，在留侯祠。第四个，在陈家桥。今天，这第五个七七，是我头一次在陪都纪念它。

像我这样的一个没有什么用处的人，遇到这样伟大的日子，实在不敢讲说什么，要说，只好说说自己。我总以为每个人要都能尽力于他所能作的，而且经过客观的批判——是最有意义的事，大概社会上就会得到应该由他那里得到的好处。我自己没有什么本事，除了能写点平庸而有时候还清楚的文字。写出来的小说也好，剧本也好，虽然说不到什么文艺，可是也许碰巧能使一个青年，或一个老人，或一个受伤的士兵，得到一点往好里去的鼓励，或一点安慰；这就没白耗费了工夫。这是我能够作的，而且客观的觉得并非全无意义，所以我就这么作了；在抗战前，与抗战中，我始终是这么老老实实的拿定了我的笔。

一个人也许不见得充分了解他自己吧？假如我去做些别的事，说不定或许比写文章更有好的成绩呢。可是，我不冒险。这个看起来好像是“消极的”态度，却足以保证自己不是以文艺为敲门砖，而到时候就可以放下纸笔，另有所图。有些人，我曾看见，以为别人从事文艺是为了给他们自己搭一座浮桥，等到走过了河便把桥拆掉，而永远不再提起文艺。因此，这些人在一开始弄文艺的时候，便先要打倒别人，诟骂别人，不过也是给自己搭起浮桥而已。这样的人，我永远不愿说什么；即使他们骂到我自己的头上来，我还是相应不理，而只为文艺伤心罢了。在这个消极的态度中，我保持着些积极的精神，文艺决不是我的浮桥，而是我的生命。同时，我也切盼浮桥主义渐次消灭，而使文艺得到它应有的尊严。

可是,我已有半年多没能写东西了！在抗战中,不是一个人应当做三个人的事么？我却作了半年的废人！这是多么可耻的事呢！没有身体,便没有一切;用脑子的人应当怎么看清他的身体啊！七七,这伟大的日子,我敢说什么呢？没有尽到心力的,就没有说话的资格,我只能谴责自己！

四位先生

吴组缃先生的猪

从青木关到歌乐山一带，在我所认识的文友中要算吴组缃先生最为阔绰。他养着一口小花猪。据说，这小动物的身价，值六百元。

每次我去访组缃先生，必附带的向小花猪致敬，因为我与组缃先生核计过了：假若他与我共同登广告卖身，大概也不会有人出六百元来买！

有一天，我又到吴宅去。给小江——组缃先生的少爷——买了几个比醋还酸的桃子。拿着点东西，好搭讪着骗顿饭吃，否则就太不好意思了。一进门，我看见吴太太的脸比晚日还红。我心里一想，便想到了小花猪。假若小花猪丢了，或是出了别的毛病，组缃先生的阔绰便马上不存在了！一打听，果然是为了小花猪：它已绝食一天了。我很着急，急中生智，主张给它点奎宁吃，恐怕是打摆子。大家都不赞同我的主张。我又建议把它抱到床上盖上被子睡一觉，出点汗也许就好了；焉知道不是感冒呢？这年月的猪比人还娇贵呀！大家还是不赞成。后来，把猪医生请来了。我颇兴奋，要看看猪怎么吃药。猪医生把一些草药包在竹筒的大厚皮儿里，使小花猪横衔着，两头向后束在脖子上：这样，药味与药汁便慢慢走入里边去。把药包儿束好，小花猪的口中好像生了两个翅膀，倒并不难看。

虽然吴宅有此骚动，我还是在那里吃了午饭——自然稍微的有点不得劲儿！

过了两天，我又去看小花猪——这回是专程探病，绝不为看别人；我知道现在猪的价值有多大——小花猪口中已无那个药包，而且也吃点东西了。大家都很高兴，我就又就棍打腿的骗了顿饭吃，并且提出声明：到冬天，得分给我几斤腊肉！组缃先生与太太没加任何考虑便答应了。吴太太说："几斤？十斤也行！想想看，那天它要是一病不起……"大家听罢，都出了冷汗！

马宗融先生的时间观念

马宗融先生的表大概是，我想是一个装饰品。无论约他开会，还是吃饭，他总迟到一个多钟头，他的表并不慢。

来重庆，他多半是住在白象街的作家书屋。有的说也罢，没的说也罢，他总要谈到夜里两三点钟。假若不是别人都困得不出一声了，他还想不起上床去。有人陪着他谈，他能一直坐到第二天夜里两点钟。表、月亮、太阳，都不能引起他注意到时间。

比如说吧，下午三点他须到观音岩去开会，到两点半他还毫无动静。“宗融兄，不是三点，有会吗？该走了吧？”有人这样提醒他。他马上去戴上帽子，提起那有茶碗口粗的木棒，向外走。“七点吃饭。早回来呀！”大家告诉他。他回答声“一定回来”，便匆匆地走出去。

到三点的时候，你若出去，你会看见马宗融先生在门口与一位老太婆，或是两个小学生，谈话儿呢！即使不是这样，他在五点以前也不会走到观音岩。路上每遇到一位熟人，便要谈，至少有十分钟的话。若遇上打架吵嘴的，他得过去解劝，还许把别人劝开，而他与另一位劝架的打起来！遇上某处起火，他得帮着去救。有人追赶扒手，他必然得加入，非捉到不可。看见某种新东西，他得过去问问价钱，不管买与不买。看到戏报子，马上他去借电话，问还有票没有……这样，他从白象街到观音岩，可以走一天，幸而他记得开会那件事，所以只走两三个钟头，到了开会的地方，即使大家已经散了会，他也得坐两点钟，他跟谁都谈得来，都谈得有趣，很亲切，很细腻。有人随便哼了一句二黄，他立刻请教给他；有人刚买一条绳子，他马上拿过来练习跳绳——五十岁了啊！

七点，他想起来回白象街吃饭，归路上，又照样的劝架，救火，追贼，问物价，打电话……至早，他在八点半左右走到目的地。满头大汗，三步当作两步走的，他走了进来。饭早已开过了。

所以，我们与友人定约会的时候，若说随便什么时间，早晨也好，晚上也好，反正我一天不出门，你哪时来也可以，我们便说“马宗融的时间吧”！

姚蓬子先生的砚台

作家书屋是个神秘的地方，不信你交到那里一份文稿，而三五日后再亲自去索回，你就必定不说我扯谎了。

进到书屋，十之八九你找不到书屋的主人——姚蓬子先生。他不定在哪里藏着呢。他的被褥是稿子，他的枕头是稿子，他的桌上、椅上、窗台上……全是稿子。简单的说吧，他被稿子埋起来了。当你要稿子的时候，你可以看见一个奇迹。假如说尊稿是十张纸写的吧，书屋主人会由枕头底下翻出两张，由裤袋里掏出三张，书架里找出两张，窗子上揭下一张，还欠两张。你别忙，他会由老鼠洞里拉出那两张，一点也不少！

单说蓬子先生的那块砚台，也足够惊人了！那是块无法形容的石砚。不圆不方，有许多角儿，有任何角度。有一点沿儿，豁口甚多，底子最奇，四周翘起，中间的一点凸出，如元宝之背，它会像陀螺似的在桌上乱转，还会一头高一头低地倾斜，如浪中之船。我老以为孙悟空就是由这块石头跳出去的！

到磨墨的时候，它会由桌子这一端滚到那一端，而且响如快跑的马车。我每晚十时必就寝，而对门儿书屋的主人要办事办到天亮。从十时到天亮，他至少研十次墨，一次比一次响——到夜最静的时候，大概连南岸都感到一点震动。从我到白象街起，我没做过一个好梦，刚一入梦，砚台来了一阵雷雨，梦为之断。在夏天，砚一响，我就起来拿臭虫。冬天可就不好办，只好咳嗽几声，使之闻之。

现在，我已交给作家书屋一本书，等到出版，我必定破费几十元,送给书屋主人一块平底的,不出声的砚台!

何容先生的戒烟

首先要声明:这里所说的烟是香烟,不是鸦片。

从武汉到重庆,我老同何容先生在一间屋子里,一直到前年八月间。在武汉的时候,我们都吸"大前门"或"使馆"牌;小大"英"似乎都不够味儿。到了重庆,小大"英"似乎变了质,越来越"够"味儿了,"前门"与"使馆"倒仿佛没了什么意思。慢慢的,"刀"牌与"哈德门"又变成我们的朋友,而与小大"英",不管是谁的主动吧,好像冷淡得日悬一日。不久,"刀"牌与"哈德门"又与我们发生了意见,差不多要绝交的样子。何容先生就决心戒烟!

在他戒烟之前,我已声明过:"先上吊。后戒烟!"本来吗,"弃妇抛雏"的流亡在外,吃不敢进大三元,喝么也不过是清一色(黄酒贵,只好吃点白干),女友不敢去交,男友一律是穷光蛋,住是二人一室,睡是臭虫满床,再不吸两枝香烟,还活着干吗?可是,一看何容先生戒烟,我到底受了感动,既觉自己无勇,又钦佩他的伟大;所以,他在屋里,我几乎不敢动手取烟,以免动摇他的坚决!

何容先生那天睡了十六个钟头,一枝烟没吸!醒来,已是黄昏,他便独自走出去。我没敢陪他出去,怕不留神递给他一枝烟,破了戒!掌灯之后,他回来了,满面红光,含着笑,从口袋中掏出一包土产卷烟来。"你尝尝这个,"他客气地让我,"才一个铜板一枝!有这个,似乎就不必戒烟了!没有必要!"把烟接过来，我没敢说什么，怕伤了他的尊严。面对面的，把烟燃上，我俩细细地欣赏。头一口就惊人，冒的是黄烟，我以为他误把爆竹买来了！听了一会儿，还好，并没有爆炸，就放胆继续地吸。吸了不到四五口，我看见蚊子都争着向外边飞，我很高兴。既吸烟，又驱蚊，太可贵了！再吸几口之后，墙上又发现了臭虫，大概也要搬家，我更高兴了！吸到了半枝，何容先生与我也跑出去了，他低声地说："看样子，还得戒烟！"

何容先生二次戒烟，有半天之久。当天的下午，他买来了烟斗与烟叶。"几毛钱的烟叶，够吃三四天的，何必一定戒烟呢！"他说。吸了几天的烟斗，他发现了：(一)不便携带；(二)不用力，抽不到；用力，烟油射在舌头上；(三)费洋火；(四)须天天收拾，麻烦！有此四弊，他就戒烟斗，而又吸上香烟了。"始作卷烟者。其无后乎！"他说。

最近二年，何容先生不知戒了多少次烟了，而指头上始终是黄的。

八方风雨

中华全国文艺界抗敌协会成立于武汉，老舍主持日常工作

还想着它

钱在我手里，也不怎么，不会生根。我并不胡花，可是钱老出去的很快。据相面的说，我的缝指太宽，不易存财；到如今我还没法打倒这个讲章。在德法意等国跑了一圈，心里很舒服了，因为钱已花光。钱花光就不再计划什么事儿，所以心里舒服。幸而巴黎的朋友还拿着我几个钱，要不然哪，就离不了法国。这几个钱仅够买三等票到新加坡的。那也无法，到新加坡再讲吧。反正新加坡比马赛离家近些，就是这个主意。

上了船，袋里还剩下十几个佛郎，合华币大洋一元有余；多少不提，到底是现款。船上遇见了几位留法回家的"国留"——复杂着一点说，就是留法的中国学生。大家一见如故。不大会儿的工夫，大家都彼此明白了经济状况；最阔气的是位姓李的，有二十七个佛郎；比我阔着块巴来钱。大家把钱凑在一处，很可以买瓶香槟酒，或两枝不错的吕宋烟。我们既不想喝香槟或吸吕宋，连头发都决定不去剪剪，那么，我们到底不是赤手空拳，干吗不快活呢？大家很高兴，说得也投缘。有人提议：到上海可以组织个银行。他是学财政的。我没表示什么，因为我的船票只到新加坡;上海的事先不必操心。

船上还有两位印度学生,两位美国华侨少年,也都挺和气。两位印度学生穿得满讲究,也关心中国的事。在开船的第三天早晨,他俩打起来:一个弄了个黑眼圈,一个脸上挨了一鞋底。打架的原因:他俩分头向我们诉冤,是为一双袜子。也不是谁卖给谁,穿了(或者没穿)一天又不要了,于是打起活来。黑眼圈的除用湿手绢捂着眼,一天到晚嘟囔着:"在国里,我吐痰都不屑于吐在他身上! 他脏了我的鞋底!"吃了鞋底的那位就对我们讲:"上了岸再说;揍他,勒死,用小刀子捅!"他俩不再和我们讨论中国的问题,我们也不问甘地怎样了。

那两位华侨少年中的一位是出来游历:由美国到欧洲大陆,而后到上海,再回家。他在柏林住了一天,在巴黎住了一天,他告诉我,都是停在旅馆里,没有出门。他怕引诱。柏林巴黎都是坏地方,没意思,他说。到了马赛,他丢了一只皮箱。那一位少年是干什么的,我不知道。他一天到晚想家。想家之外,便看法国姑娘。而后告诉那位出来游历的:"她们都钓我呢!"

所谓"她们",是七八个到安南或上海的法国舞女,最年轻的不过才三十多岁。三等舱的食堂永远被她们占据着。她们吸烟,吃饭,抡大腿,练习唱,都在这儿。领导的是个五十多岁的小干老头儿,脸像个干橘子。她们没事的时候也还光着大腿,有俩小军官时常和她们弄牌玩。可是那位少年老说她们关心着他。

三等舱里不能算不热闹,舞女们一唱就唱两个多钟头。那个小干老头似乎没有夸奖她们的时候,差不多老对她们喊叫。可是她们也不在乎。她们唱或抡腿,我们就瞎扯,扯腻了便到甲板上过过风。我们的茶房是中国人,永远蹲在暗处,不留神便踩了他的脚。他卖一种黑玩艺，五个佛郎一小包，舞女们也有买的。

二十多天就这样过去：听唱，看大腿，瞎扯，吃饭。舱中老是这些人，外边老是那些水。没有一件新鲜事，大家的脸上眼看着往起长肉，好像一船受填时期的鸭子。坐船是件苦事，明知光阴怪可惜，可是没法不白白扔弃。书读不下去，海是看腻了，话也慢慢的少起来。我的心里还悬虚着：到新加坡怎办呢？

就在那么心里悬虚一天的，到了新加坡。再想在船上吃，是不可能了，只好下去。雇上洋车，不，不应当说雇上，是坐上；此处的洋车夫是多数不识路的，即使识路，也听不懂我的话。坐上，用手一指，车夫便跑下去。我是想上商务印书馆。不记得街名，可是记得它是在条热闹街上；上欧洲去的时候曾经在此处玩过一天。洋车一直跑下去，我心里说：商务印书馆要是在这条街上等着我，便是开门见喜；它若不在这条街上，我便玩完。事情真凑巧，商务馆果然等着我呢。说不定还许是临时搬过来的。

这就好办了。进门就找经理。道过姓字名谁，马上问有什么工作没有。经理是包先生，人很客气，可是说事情不大易找。他叫我去看看南洋兄弟烟草公司的黄曼士先生——在地面上很熟，而且好交朋友。我去见黄先生，自然是先在商务馆吃了顿饭。黄先生也一时想不到事情，可是和我成了很好的朋友；我在新加坡，后来，常到他家去吃饭，也常一同出去玩。他是个很可爱的人。他家给他寄茶，总是龙井与香片两样，他不喜喝香片，便都归了我；所以在南洋我还有香片茶吃。不过，这都是后话。我还得去找事，不远就是中华书局，好，就是中华书局吧。经理徐采明先生至今还是我的好朋友。倒不在乎他给找着个事作，他的人可爱。见了他，我说明来意。他说有办法。马上领我到华侨中学去。这个中学离街市至少有十多里，好在公众汽车（都是小而红的车，跑得飞快）方便，一会儿就到了。徐先生替我去吆喝。行了，他们正短个国文教员。马上搬来行李，上任大吉。有了事作，心才落了实，花两毛钱买了个大柚子吃吃。然后支了点钱，买了条毯子，因为夜间必须盖上的。买了身白衣裳，中不中，西不西，自有南洋风味。赊了部《辞源》；教书不同自己读书，字总得认清了——有好些好些字，我总以为认识而实在念不出。一夜睡得怪舒服；新《辞源》摆在桌上被老鼠啃坏，是美中不足。预备用皮鞋打老鼠，及至见了面，又不想多事了，老鼠的身量至少比《辞源》长，说不定还许是仙鼠呢，随它去吧。老鼠虽大，可并不多。讲多是壁虎。到处是它们：棚上墙上玻璃杯里——敢情它们喜甜味，盛过汽水的杯子总有它们来照顾一下。它们还会唱，吱吱的，没什么好听，可也不十分讨厌。

天气是好的。早半天教书，很可以自自然然的，除非在堂上被学生问住，还不至于四脖子汗流的。吃过午饭就睡大觉，热便在暗中渡过去。六点钟落太阳，晚饭后还可以作点工，壁虎在墙上唱着。夜间必须盖条毯子，可见是不热；比起南京的夏夜，这里简直是仙境了。我很得意，有薪水可拿，而夜间还可以盖毯子，美！况且还得冲凉呢，早午晚三次，在自来水龙头下，灌顶浇脊背，也是痛快事。

可是，住了不到几天，我发烧，身上起了小红点。平日我是很勇敢的，一病可就有点怕死。身上有小红点哟，这玩艺，痧疹归心，不死才怪！把校医请来了，他给了我两包金鸡纳霜，告诉我离死还很远。吃了金鸡纳霜，睡在床上，既然离死很远，死我也不怕了，于是依旧勇敢起来。早晚在床上听着户外行人的足声，“心眼”里制构着美的图画：路的两旁杂生着椰树槟榔；海蓝的天空；穿白或黑的女郎，赤着脚，趿拉着木板，嗒嗒的走，也许看一眼树丛中那怒红的花。有诗意呀。矮而黑的锡兰人，头缠着花布，一边走一边唱。躺了三天，颇能领略这种浓绿的浪漫味儿，病也就好了。

一下雨就更好了。雨来得快，止得快，沙沙的一阵，天又响晴，路上湿了，树木绿到不能再绿。空气里有些凉而浓厚的树林子味儿，马上可以穿上夹衣。喝碗热咖啡顶那个。

学校也很好。学生们都会听国语，大多数也能讲得很好。他们差不多都很活泼。因为下课后便不大穿衣，身上就黑黑的，健康色儿。他们都很爱中国，愿意听激烈的主张与言语。他们是资本家——大小不同，反正非有俩钱不能入学读书——的子弟，可是他们愿打倒资本家。对于文学，他们也爱最新的，自己也办文艺刊物的。他们对先生们不大有礼貌，可不是故意的；他们爽直。先生们若能和他们以诚相见，他们便很听话。可惜有的先生爱耍些小花样！学生们不奢华。一身白衣便解决了衣的问题；穿西服受洋罪的倒是先生们，因为先生们多是江浙与华北的人，多少习染了上海的派头儿。吃也简单，除了爱吃刨冰，他们并不多花钱。天气使衣食住都简单化了。以住说吧，有个床，有条毯子，便可以过去。没毯子，盖点报纸，其实也可以将就。再有个自来水管，作冲凉之用，便万事亨通。还有呢，社会是个工商社会，大家不讲究穿，不讲究排场，也不讲究什么作诗买书，所以学生自然能俭朴。从一方面说，这个地方没有上海或北平那样的文化；从另一方面说，它也没有酸味的文化病。此地不能产生《儒林外史》。自然，大烟窑子等是有的，可是学生还不至于干这些事儿。倒是有内地的先生们觉得苦闷，没有社会。事业都在广东福建人手里，当教员的没有地位，也打不进广东或福建人的圈里去。教员似乎是一些高等工人，雇来的；出钱办学的人们没有把他们放在心里。玩的地方也没有，除了电影，没有可看的。所以住到三个月，我就有点厌烦了。别人也这么说。还拿天气说吧，老那么好，老那么好，没有变化，没有春夏秋冬，这就使人生厌。况且别的事儿也是死板板的没变化呢。学生们爱玩球，爱音乐，倒能有事可作。先生们在休息的时候，只能弄点汽水闲谈。我开始写《小坡的生日》。

本来我想写部以南洋为背景的小说。我要表扬中国人开发南洋的功绩：树是我们栽的，田是我们垦的，房是我们盖的，路是我们修的，矿是我们开的。都是我们作的。毒蛇猛兽，荒林恶瘴，我们都不怕。我们赤手空拳打出一座南洋来。我要写这个。我们伟大。是的，现在西洋人立在我们头上。可是，事业还仗着我们。我们在西人之下，其他民族之上。假如南洋是个糖烧饼，我们是那个糖馅。我们可上可下。自要努力使劲，我们只有往上，不会退下。没有了我们，便没有了南洋；这是事实，自自然然的事实。马来人什么也不干，只会懒。印度人也干不过我们。西洋人住上三四年就得回家休息，不然便支持不住。干活是我们，作买卖是我们，行医当律师也是我们。住十年，百年，一千年，都可以，什么样的天气我们也受得住，什么样的苦我们也能吃，什么样的工作我们有能力去干。说手有手，说脑子有脑子。我要写这么一本小说。这不是英雄崇拜，而是民族崇拜。所谓民族崇拜，不是说某某先生会穿西装，讲外国话，和懂得怎样给太太提着小伞。我是要说这几百年来,光脚到南洋的那些真正好汉。没钱,没国家保护,什么也没有。硬去干,而且真干出玩艺来。我要写这些真正中国人,真有劲的中国人。中国是他们的,南洋也是他们的。那些会提小伞的先生们,屁!连我也算在里面。

可是,我写不出。打算写,得到各处去游历。我没钱,没工夫。广东话,福建话,马来话,我都不会。不懂的事还很多很多。不敢动笔。黄曼士先生没事就带我去看各种事儿,为是供给我点材料。可是以几个月的工夫打算抓住一个地方的味儿,不会。再说呢,我必须描写海,和中国人怎样在海上冒险。对于海的知识太少了;我生在北方,到二十多岁才看见了轮船。

那么,只好多住些日子了。可是我已离家六年,老母已七十多岁,常有信催我回家。为省得闲着,我开始写《小坡的生日》。本来想写的只好再等机会吧。直到如今,啊,机会可还没来。

写《小坡的生日》的动机是:表面的写点新加坡的风景什么的。还有:以儿童为主,表现着弱小民族的联合——这是个理想,在事实上大家并不联合,单说广东与福建人中间的成见与争斗便很厉害。这本书没有一个白小孩,故意的落掉。写了三个多月吧,得到五万来字;到上海又补了一万。

这本书中好的地方,据我自己看,是言语的简单与那些像童话的部分。它不完全是童话,因为前半截有好些写实处——本来是要描写点真事。这么一来,实的地方太实,虚的地方又很虚,结果是既不像童话,又非以儿童为主的故事,有点四不像了。设若有工夫删改,把写实的部分去掉,或者还能成个东西。可是我没有这个工夫。顶可笑的是在南洋各色小孩都讲着漂亮——

确是漂亮——的北平话。

《小坡的生日》写到五万来字，放年假了。我很不愿离开新加坡，可是要走这是个好时候，学期之末，正好结束。在这个时节，又有去作别的事情的机会。若是这些事情中有能成功的，我自然可以辞去教职而仍不离开此地，为是可以多得些经验。可是这些事都没成功，因为有人从中破坏。这么一来，我就决定离开。我不愿意自己的事和别人捣乱争吵。在阳历二月底，我又上了船。

到现在想起来，我还很爱南洋——它在我心中是一片颜色，这片颜色常在梦中构成各样动心的图画。它是实在的，同时可以是童话的，原始的，浪漫的。无论在经济上，商业上，军事上，民族竞争上，诗上，音乐上，色彩上，它都有种魔力。

到武汉后

因流亡,得见武汉三镇;名不虚传,的确伟大。立在蛇山上,或黄鹤楼头,看着滚滚长江,风帆来去,小小的一颗心不由的起了无限感慨与希望:越自认藐小,越感到景物的伟大;越痛心国土的日促,越怜惜这大好河山,而默祷民族的复兴。水阔山秀,烟影人声,此中含隐着一股什么气息,是以前所未曾领悟到的。流不尽千古英雄血,与痛饮黄龙,就景生情,仿佛恍惚之间把江上寒波与北地烽火联成一片;是感触,是激奋,是失望,是思乡,是流亡,是凯旋,都不分明;默默无语,心潮万状;寸心像波上白鸥,一片雪似的随流起伏游荡。

十一月廿日来到,住在汉口的友家。汉口没有什么意思。前有江,后有铁路,夹着些街道,热闹,拥挤,摩登,纷乱,使人喘不过气来。我到过上海四五次,每次仅住数日,带回来的必是心跳头疼。汉口比上海小得多,更显着拥挤,我也就更想设法逃走。来自京沪的青年友人多谓汉口颇有味道,小而全,跳舞观剧等倒还方便;见仁见智,不便争论,我走我的就是了。

十二月二日移住武昌云架桥。一进武昌,我就松了一口气。

城里有山，山上有树！到了云架桥，好似到了老家，地僻巷隐，绝少人声，一睡就是一夜！住过两天，到街上去认认道路。看不到戏园，电影院，跳舞场，与咖啡馆，心中暗喜。走回来，袋里满装桔子，手提油条数根，有果有食，乐不思蜀矣！武昌是好地方，乱后在此住家，一定不坏。生活程度不算高，空气非常好。花木有南方景色，入冬尚见红绿；天气可又不算不冷，有似北方。鱼米都贱，青菜也多。街市清静，蛇山脊立城中，冬青抱翠，至称冷隽。黄鹤楼上，只卖清茶；中外的风流事统统在汉口，一江之隔，绝不相侵，这是想也想不到的。

只到汉阳去了一次。看了看鲁肃墓，祢衡冢，伯牙琴台，与归元寺。此处比武昌更静更小，不过街道过窄，也欠干净，住家是不大相宜的。破房多，坟墓多，都不是什么好看的东西；去过一次，也就不大再想它。兵工厂必有可观，可惜没法进去。鹦鹉洲上尽是木料，而不见萋萋的芳草；不是时移物易，定是前辈诗人喜说瞎话也。

这样，武汉三镇在我心中是：武昌为头，昂视江上，汉口与汉阳为二臂，一臂乱抡，一臂低垂。隐士宜住汉阳，普通人宜住武昌，商人与好跳舞者宜住汉口。

香烟与洋车像飞也似往上涨价，人们与前线失利的消息一齐往武汉来。在我初到的那几天，人已不少，但还显不出怎样惊惶。中央政府迁重庆的宣言在报纸上登出，此地马上显出手忙脚乱。机关找房，人们找房，伤兵要房，流亡的人们到戚友处分房，房子问题成了最严重而没法解决的问题。紧跟着，首都陷落，人是越来越多，物价飞涨，洋车夫扬眉，各旅馆门首都贴起“客房已满”的条儿；饭馆，澡堂，轮渡，日夜总是满满的人；到处墙壁上贴着寻人的字条，报纸上一串串的寻人广告，街上满是人：伤兵，难民，学生，闲员，南京上海的贵客，都在街上走，磕头碰脑的遇到熟人。同时，武汉防空的设备开始动手修建，敌机来袭的次数渐渐增多。从迁都到年底，是这里最杂乱的时期，一切都在动、挤、乱，全无办法。逃来的人带着一肚子委屈，死里逃生，至此又遭受多少困难；原来在此为商作贾的，拿定主意，乘机会赚钱。于是，首都虽陷，各个人只顾为自己打算，国事可暂不过问。首都陷后，继以济南青岛，先来的还没疏散开，后来的又接踵而至，人浪起伏，声势且大于长江的浩浩烟波！

人都来了，三六九等，各自表现其素日生活方式与生存竞争的能力：难民最没办法，枕地盖天，凄风冷雨中尚有产生小孩者！其次为被裁撤之小职员，无钱无人，家或在平津，归去不得，只有望江兴叹。同时，有钱有势的，到处方便，小住为佳，乃包饭店，或赁租界洋房；住不成问题，吃亦颇好；西餐馆不弱于上海，国菜亦有川粤京苏等味；以言吃茶，也有四五毫一杯的印度苦汁。租界中，赌无禁，烟公卖，妓有南北中西，舞有美女香槟。于是，公债难销，而有钱的却出了钱；纸醉金迷，好个升平气象。于此，有亡国之道焉，其现象为太欠严肃。首都陷落，万家遭戮，有血性者理当切齿复仇，而武汉颇传和平妥协的消息。有钱的出钱，虽然花在自己身上，到底是减低了财力，还再打么？汉口虽尚舒服，到底有有家难奔之感；还再打么？打什么？钱，房子，事业，都受了损失；富人理直气壮，慨乎言之；屈服与投降俱是福音一般。谣言之行自有心理的根据，岂偶然哉？

于是时也，蒋委员长宣言继续抗战。和平空气怅然稀薄，敢怒而不敢言，总算富人为国受了委屈。于是，玩犹故也，乐犹故也，以表示消极抵抗；饭店舞场生意乃更见起色；电影院外购票者列阵以待，戏园大门上早早贴出“客满”红条。武汉确实成了一切的中心，吃喝玩乐在其中矣。这是以享受为镇定，以淫乐示抵抗；租界等于外国，敌机来袭，或有保障；心死肉活，自有养生大道在焉。

在另一方面：学生来受训，女兵满街走，抗战刊物日见增多，伤兵难民渐有处置，调整水陆交通以疏散居民，文化团体多有组织……是抗战决心的真正表现。一面有妖艳女郎，项围狐皮，身披貂褂，轻盈的出入舞场，一面有棉衣军帽的女兵，挺胸疾行路中；一面有拥妓竹战的战士，一面有日夜工作的医生、看护，与救济难民的热血男女；一面有身在汉口租界而眼望着重庆昆明，以便随时逃走，越远越妙；一面有老少志士北入太行，东去江西，或去组织义勇军，或入军队服务。都在武汉，但二者的心理不同，志愿不同，行动不同，甚至于气度面色也不同。这好像是在天平的两头，争赛轻重，以决兴亡。天下兴亡，匹夫有责，只看这天平上哪端能更沉重一些了。

旧历新年来到，天平左右似得平衡：虽牌声与吉利话不绝于耳，到底不似太平年那么热闹。街上标语，请求大家节省过年花用，献金政府；打牌者固无暇考虑及此，但决定免去过年，献金纳款者亦大有人在。元宵节，月明如昼，满市花灯；忽然响起空袭警报，马上市寂街空；虽欲暂忘国难，有不可得者。一忧一喜，一弛一紧，战争到底是一种最好的教训，稍具人心者即没法不替国家担点忧；渐渐的也许全都严肃起来，把钱把力把工夫都无条件的献给国家。这也许是期望过奢，可是看看那伟大的长江，忆起武昌起义，似乎这又是理之当然，不忍悲观。有诗为证：

一　流亡

弱女痴儿不解哀，
牵衣问父去何来？
话因伤别潜成泪，
血若停流定是灰。
已见乡关沦水火，
更堪江海逐风雷；
徘徊未忍道珍重，
墓雁声低切切催。

二　伤心

遍地干戈举目哀，
天南有国亦难来。
人情鬼蜮乾坤死，
士气云龙肝脑灰。
贼党轻言拥半壁，
流民掩泣避惊雷；
更怜江汉风波急，
艳舞妖歌尚浪催！

三　自励

黄鹤楼头莫诉哀，
酒酣风劲壮心来；
烟波自古留余恨，

烽火从今燃死灰；
如此江山空暮雨，
有谁文笔奋云雷？
奇师指日收河北，
七步诗成战鼓催。

我为什么离开武汉

去年年底到了汉口。不想马上离开,也并不一定想住下。流亡者除了要跟着国旗走的决定而外,很难再有什么非这样或那样不可的主张。在汉口住了几日,长沙的友人便来信相约,可是在武昌华中大学的友人更是近水楼台,把我拉到他们的宿舍去。住了半个多月,冯焕章先生听到我已来到武昌,便派人来约,不但能给我一间屋子,而且愿供给我馒头与面条。这时候,华中已快放寒假,我的友人都预备回家,并且愿意带着我去。他们(都是江西人)要教我看看江西乡间的生活。我十分感激他们,可是愿留在武昌——卖稿子容易。与他们辞别,我便搬到冯先生那里去,流亡者有福了:华中大学是个美丽的地方,有树有花有草有鸟,还有大块的空地给我作运动场。友人们去上课,我便独在屋中写稿子,及至到了冯先生那里,照样的有树有花有草有鸟,并且院子很大,不但可以打拳踢腿,还可以跑百米而不用转弯。在华中有好友,这里的朋友更多。人多而不乱,我可以安心的读书写字。几个月中,能写出不少的文字来,实在因为得到了通空气的房屋,与清静的院宇,我感激友人们与冯先生!

武昌的春天是可怕的,风狂雨大,墙薄气冷,屋里屋外都是那么湿,那么冷,使我懒得出去,而坐在屋里也不舒服。可是,一件最可喜的事情使我心中热起来——文艺界的朋友越聚越多,而且有人来约发起文艺界抗敌协会了。冒着风雨,我们大家去筹备,一连开了许多次筹备会,大家都能按时到会,和和气气的商量。谁说文人相轻,谁说文人不能团结呢?!

在大时代中,专凭着看与听,是不能够了解它的,旁观者清,只是看清了事实的动态,而不能明白事态中人物的情感。看别人荷枪赴前线,并不能体念到战士的心情。要明白大时代,所以,必须在大时代中分担一部分工作。有了操作的经验与热情,而后才能认识时代一部分的真情真意。一部分自然与全面有异,可是认识了一个山峰,到底比瞪着眼看着千重雾岭强。因此,我既然由亡城逃出来,到了武汉,我就想作一点我所能作的,而且是有益于抗战的事。干什么去呢?最理想的当然是到军队里服务。在全面抗战中,一切工作都须统纳于抗战建国一语的里面;那么凡是能尽力于自己所长的工作,而为抗战之支持者,都是好汉。英雄不必都到前线去。能卖力气多收获一些东西,献纳给国家的,都是战士。可是,一提到抗战,人们总以为马上要到前线去,似乎只有到前线才能看到时代的真精神。这并不正确,可是人之常情往往如是。我也是这样,我一心想到前方去。我明知道,为写文章,哪里都可以:只要肯写,用不着挑选地方。可是为搜取材料和为满足自己那点自尊心,战地必胜于后方,所以还是往前去的为是。

但是,我去不了。我的身体弱。勤苦朴俭的生活我很能受;跟着军队去跑,食宿无定,我可是必会生病。一杯不开的水会使我肚痛，我怎能抵抗军队中一切的辛苦呢?!完了！没有强健的身体，简直不配生活在这伟大时代！我伤心，我诅咒自己！

伤心与自怨是没用的，人总会在无可如何中找到活下去的路子。学剑不成还可以去学书，不是吗？我决定停在武汉，写稿子，不再作赴前方的梦。写稿而外，我便为文艺协会跑腿。是的，“文协”成立了，我被举为理事。跑腿是惯作的事，一二十里路还难不倒我；我就是胃口不强，吃不消冷水残茶。况且，只要在都市中，即使走不动，还可以雇车呀；为“文协”而赔几个车钱是该当的。

的确跑了不少路。“文协”的会务，虽然不因为我的奔走而有什么发展，可是我心中好受了一点：既然赴前方工作是有心无力，那么找到了有心有力的事，像为“文协”跑腿，也就稍可自慰了。再说，因为办会务，能见到许许多多朋友，大家关切“文协”，热心帮忙，还不是可喜的事么？不错，许多年轻的朋友们分赴各战场去工作，使我看着眼馋。他们是多么可羡慕啊！穿着军衣，戴着徽章，谦卑而又恳切的讲着前线的事实与问题！遇到他们，我几乎无话可说，可是我也必须报告给他们，“文协”怎么怎么了，并且约他们写工作报告，交与会刊发表。好吧，你们到前线去，我这不争气的只好在武汉为你们办理会务了。我这样安慰自己。

一边写文章，一边办理“文协”的事务，一直到了今年七月月尾。这时候，武汉已遭过两次大轰炸，疏散人口的宣传与实施也日紧一日。我赞成疏散人口，并且愿为这件事去宣传。可是，对于自己，我可没想到也有离开武汉的必要，仿佛我是与疏散人口这事实毫无关系的。轰炸，随便吧，炸不死就写稿子。炸弹有两次都落在离我不很远的地方。走，我想不到，我相信武汉永久不会陷落，我相信“文协”的朋友都愿继续工作，我相信到武汉受了更大威胁的时候，我与朋友们就能得到更多的工作。因此，我不能走，连想也不想一下，好像我是命定的该死在武汉，或是眼看着敌人在这里败溃下去。有些人已向我讨论迁移的问题了，我不大起劲。刚到武汉，我以留在武汉为耻；现在疏散人口了，我以离开武汉为耻。多住一天仿佛就多一分勇气与力量，其实我手无寸铁，并未曾冲锋陷阵去，也不能在保卫大武汉的工作中充一名壮丁。可怜的弱书生啊！

卫国是最实在的事。身，胆，心，智，四者都健壮充实，才能作个战士，空喊是没有用的，哀号更为可怜。我没有好的身体，一切便无须再说了。留在武汉么？空有胆子是不中用的，有胆量的老鼠还能咬沉敌人的军舰么？我不想走，可是忽然的便上了船，多么可笑呢！

是的，我忽然就上了船。按着冯先生的意思，他要把我送到桂林去。他说：那里山水好，还有很好的地方住，去到那里写写文章倒不错。我十分感激他的善意，可是我并不愿意去；不是对桂林有什么成见，而是不肯离开武汉。紧跟着“文协”便开会了，讨论迁移的问题，几个理由，使大家决定把总会迁到重庆：(一)总会是全国性的，不必死守武汉。(二)理事与会员多数是有固定职业的，他们必随着供职的机关而离开武汉。各机关，各书局，各报馆，有的已经迁走，有的正预备移动。有人才能办事；人都走净，总会岂不只剩下一块牌子了么？即使有几个没职业的(像我自己)愿留在这里，还有什么用处呢？再说：(三)疏散人口，舟船不够用；机关里能设法索要或包雇船只，私人不会有此便利。一到战局紧急,交通工具都受统制,要走可就更加困难了。所以要走得赶快走。(四)政府是在重庆,“文协”不应与政府失去联系。书局与印刷所多数迁往重庆,“文协”的工作当然与这二者有密切关系,所以也当移往,以便继续工作。理事与会员散在各处者不少,可是哪里也没有在重庆的这么多,会务既当取决于多数人,到重庆自最妥当。

有上述的种种理由,总会迁往重庆遂成决议。谁代表总会去呢?有职业而必须与机关相进退者,也许能,也许不能到重庆去;就是恰巧能到重庆去,也须等着机关的命令,不能自由行动。而且,他们即使随着机关到了重庆,他们当然是先忙机关里的事,有余力才能顾及“文协”的会务。这样,总会必须委托没有职业的理事前往重庆,以期专办会务,像在武汉那样。理事,是理事,不是会员。因为理事对会务熟习,办事较易;而且被派往重庆者,路费统须自筹;理事,既是理事,虽穷而没法推辞,职务所在,理当赔钱;若派会员,可就不能这样不客气,虽然在办事上,无所谓理事与会员之分,本是共同努力。可是在议决案里不能不说得官样一些。

好了,我没职业,我是理事,而且担任总务,我得走!有钱买船票与否,我不敢问自己,以免减少对会务负责的勇气。

可是,我真不愿走!迁移之议既成,我还希望多延迟几天。我自己去访了几位最爱护“文协”的,而且在政府有地位的朋友,探听探听:假若我们不走,是不是可以得到些工作呢?不必是用笔的工作,教我们去救护被难的民众,或伺候伤兵,也行。心里想:只要有点门路,我就可以有说话,不上桂林,也不去重庆,而留在武汉。可是,我所得到的是:“还是走好。”完了,武汉不允许我住下去了。所以,忽然就上了船。既不能住,何不快走;船票不易得,抓到一张便须起身。流亡者的生活一半是在舟车之上,流亡者的命运也仿佛被车票与船票决定着。我离开汉口,挤在洋奴与鸦片鬼之间。洋奴赏给我不开的水数杯,抢去我“费心”五元;花了钱,换来了痢疾。没有强健身体的,不配活在这伟大时代。我既不能赴前线,又不能留在武汉;我只能用钱换来痢疾,在那充满鸦片烟味的船上。

船　上

——自汉口到宜昌

七月十九，武昌大轰炸，我躲在院外的空地上。炸弹在头上吱吱的叫，晓得必落在附近，也许是以我住的地方为目标。警报解除，回到院中，院墙及邻舍已倒；我的屋里只落下些灰土。大家决定搬到汉口去。我十分难过。这里并不是我的家，可是我十分的爱它，特别是在轰炸后。不论是多么不顺眼的地方，一经暴敌轰炸，便很可爱了。况且我所住的地方又是那么清静宽敞。匆匆的卷起铺盖，不好意思落泪，可也又是一番小流亡的滋味呀。

由武昌迁到汉口，只是一江之隔，尚且难过；离开武汉，奔往他处，是连想也不敢想的。可是，廿六日文艺界抗敌协会开会，决定总会迁往重庆，我必须去！当然得尊重会中的决议，虽然我决不想走。路上的苦处，到重庆后的困难，都不便预先害怕；我是舍不得武汉，特别是在大轰炸之后。轰炸有什么可怕呢？炸死，不过是一死；炸不死，多少在保卫大武汉的工作中尽自己一点点力量。轰炸只是使人愤怒，只有日本人的愚蠢才以为我们害怕呢。

廿九晚还参加“文协”的招待阿特莱女士茶会，卅日夜间可就上了船。走，是服从“文协”的命令；船票，是老向去买的。(船票是自己掏钱，不动“文协”的一文。)我只尽了跟着行李，走上船去的责任。假若前几天的炸弹落偏了一些，我必定不会走上船来！可是上船的滋味，并不比听着炸弹吱吱的往下落好受。我几乎不知身在何处，不知为何要挤在人群里。家信已发了：打回老家么？我越去越远了！儿女们还好吧？还记得这两句，可是不敢多去咂摸：把家信作为例行的公事吧。朋友们呢？在武汉交了许多新朋友，昨天还在一处言笑，今晚又分别了。何时能再会面呢？最后，因为它是最重要的，所以放在最后；最后，武汉怎样呢？武汉是不会陷落的！这样告诉朋友们不止一次了。可是，我为什么走呢，既相信武汉不会陷落？这无可自解的矛盾，使人把舌团在口里。身已在船上，即使万感交集，难道还不是以一走了之么？岸上的灯光，射在江里，万星沉浮，动荡无定，心也随着欲碎。别矣武汉！

因为票价贵，船上并不十分挤。可是以人声去判断，简直不知有多少人，而且都发了疯。不知道为什么一定要这么乱嚷乱闹，莫非这就是逃亡必须有的表示么？不在路口上立着，大家便都能过去。可是偏有许多人立在那里，自己不走，也不许别人通过。等一等，大家就都能走过去；然而谁也不等，都往前拥，都开口就骂。中国人大概不会严肃。

安闲自在的只有茶房，酒钱是票价的五分之一，先付。他们穿着拖鞋，托着水烟袋，坐在客厅里闲谈。外国船上的茶房理应如此，他们没有国难，也没有任何责任；可羡慕的隐于舟上的生活呀！

船只有轮廓。一切零件，久已残落，决不修补，门上没柄，壶上没嘴，净桶没边沿，椅子没靠背，床前没号数，电灯没开关，……这船的轮廓要把几百条生命送到宜昌去。票价很贵；此外，一律须加“不”字。饭不能吃，开水不开，出恭不方便，……污辱中国的江，中国的人，岂只是日本暴敌呢？

可是中国人挺自在，舱里充满了鸦片烟味。疏散人口，免去无谓的牺牲，就是使这些鸦片烟鬼多活几天的意思么？鸦片烟鬼有钱，坐得起污辱华人的洋船，很自在的享受着中西合璧的腐臭生活。有谁敢来干涉他们呢！看，那群孩子！这就是保存国家的元气么？脏，瘦，皮在骨上挂着，一天到晚不是哭便是吃糖果。鸦片烟鬼的后裔呀，也去到后方去安全的害童子痨啊！

船上没有医生。有人把洗脚水倒在开水桶里。我拉痢，害病的还很多呢。两天内，舱里死了七个人。买了船票的猪狗们，就喝搀了洗脚水的水吧，就死在舱里吧，外国人只要你们的钱。大概洋船长教你们都跳下江去死，你们也不发一声吧？

没心去看江景。那夹岸的青山，云中的塔影，蒲上的流烟，多么美好的江山哪！可是，这是被奸污了的美妇。除了把强盗们都赶出去，谁有心肠去谀赞江上的清风与山间的明月呢！那些鸦片鬼们终日倒在床上，那些能坐着的壮士，终日围坐着麻雀桌旁，他们也无心观看美景。他们不理会中国的伟大，所以也就不替中国着急。无限的青山，滚滚的长江，你们是位置在没有诗，没有热情的地方；等着听炮声吧。

船白天走，走得很慢；晚间停住，没一定地方，没一定时间，全凭洋船长的旨意。领江的没有夜间开船的本领;在白天也还触到沙上而几乎搁浅了好多次,四天的工夫没离开船,船白天慢慢的走,夜间不定停在何处,不靠码头,怎能下去呢?只好闻着鸦片烟味,听着牌声,看着那群死尸,喝着不开而且搀了洗脚水的水。就是这样,我到了宜昌。痢疾更重了。茶房又来要小账;预先付过的大概是算了。松懈,肮脏,怯懦的流亡,啊!还用到别处去找国耻吗?

怀　友

虽然家在北平，可是已有十六七年没在北平住过一季以上了。因此，对于北平的文艺界朋友就多不相识。

不喜上海，当然不常去，去了也马上就走开，所以对上海的文艺工作者认识的也很少。

有三次聚会是终生忘不掉的：一次是在北平，杨今甫与沈从文两先生请吃饭，客有两桌，酒是满坛；多么快活的日子啊！今甫先生拳高量雅，喊起来大有威风。从文先生的拳也不弱，杀得我只有招架之功，并无还手之力。那快乐的日子，我被写家们困在酒阵里！最勇敢的是叶公超先生，声高手快，连连挑战。朱光潜先生拳如其文，结结实实，一字不苟。朱自清先生不慌不忙，和蔼可爱。林徽音女士不动酒，可是很会讲话。几位不吃酒的，谈古道今，亦不寂寞，有罗膺中先生，黎锦明先生，罗莘田先生，魏建功先生……其中，莘田是我自幼的同学，我俩曾对揪小辫打架，也一同逃学去听《施公案》。他的酒量不大，那天也陪了我几杯，多么快乐的日子！这次遇到的朋友，现在大多数是在昆明，每个人都跑了几千里路。他们都最爱北平，而含泪逃出北平；什么京派不京派，他们的气节不比别人低一点呀！那次还有周作人先生，头一回见面，他现在可是还在北平，多么伤心的事！

第二次是在上海，林语堂与邵洵美先生请客，我会到沈有乾、简又文诸先生。第三次是郑振铎先生请吃饭，我遇到茅盾，巴金，黎烈文，徐调孚，叶圣陶诸位先生。这些位写家们，在抗战中，我只会到了三位：简又文、圣陶与茅盾。在上海的，连信也不便多写，在别处的，又去来无定，无从通信。不过，可以放心的，他们都没有逃避，都没有偷闲，由友人们的报告，知道他们都勤苦的操作，比战前更努力。那可纪念的酒宴，等咱们打退了敌人是要再来一次呀！今日，我们不教酒杯碰着手，胜利是须“争”取来的啊！我们须紧握着我们的武器！

在山东住了整七年。在济南，认识了马彦祥与顾绶昌先生。在青岛，和洪深，孟超，王余杞，臧克家，杜宇，刘西蒙，王统照诸先生常在一处，而且还合编过一个暑期的小刊物。洪深先生在春天就离开青岛，孟超与杜宇先生是和我前后脚在七七以后走开的。多么可爱的统照啊，每次他由上海回家——家就在青岛——必和我喝几杯苦露酒。苦露，难道这酒名的不祥遂使我们有这长别离么？不，不是！那每到夏天必来示威的日本舰队——七十几艘，黑乎乎的把前海完全遮住，看不见了那青青的星岛——才是不祥之物呀！日本军阀不被打倒，我们的命都难全，还说什么朋友与苦露酒呢？

朋友们，我常常想念你们！在想念你们的时候，我就也想告诉你们：我在武汉，在重庆，又认识了许多许多文艺界的朋友，都贫苦，可是都快活，因为他们都团结起来，组织了文艺协会，携着手在一处工作。我也得说，他们都时时关切着你们，不但不因为山水相隔而彼此冷淡，反倒是因为隔离而更亲密。到胜利那一天啊，我们必会开一次庆祝大会，山南海北的都来赴会，用酒洗一洗我们的笔，把泪都滴在手背上，当我们握手的时候。那才是我们最快乐的日子啊！胜利不是梦想，快乐来自艰苦，让我们今日受尽了苦处，卖尽了力气，去取得胜利与快乐吧！

八方风雨

一 前奏

虽然用了个颇像小说或剧本的名字的标题——八方风雨——这却不是小说，也不是剧本，而是在八年抗战中，我的生活的简单纪实。它不是日记，因为我的日记已有一部分被敌人的炸弹烧毁在重庆，无法照抄下来，而且，即使它还全部在我手中，它是那么简单无趣，也不值得印出来。所以，凭着记忆与还保存着的几页日记，我想大概的，简单扼要的，把八年的生活有话即长，无话即短的写下来。我希望它既能给我自己留下一点生命旅程中的印迹，同时也教别离八载的亲友得到我一些消息，省得逐一的在口头或书面上报告。此外，别无什么伟大的企图。在抗战前，我是平凡的人，抗战后，仍然是个平凡的人。那也就可见，我并没有乘着能够混水摸鱼的时候，发点财，或作了官；不，我不单没有摸到鱼，连小虾也未曾捞住一个。那么，腾达显贵与金玉满堂假若是“伟大”的小注儿，我这里所记录的未免就显着十分寒碜了。我必定要这么先声明一下,否则教亲友们看了伤心,倒怪不大好意思的。简言之,这是一个平凡人的平凡生活报告。假若有人喜欢读惊奇,浪漫,不平凡的故事,那我就应该另写一部传奇,而其中的主角也就一定不是我自己了。

所谓,“八方风雨”者,因此,并不是说我曾东讨西征,威风凛凛,也非私下港沪,或飞到缅甸,去弄些奇珍异宝,而后潜入后方,待价而沽。没有,这些事我都没有作过。我只有一枝笔。这枝笔是我的本钱,也是我的抗敌的武器。我不肯,也不应该,放弃了它,而去另找出路。于是,我由青岛跑到济南,由济南跑到武汉,而后跑到重庆。由重庆,我曾到洛阳,西安,兰州,青海,绥远去游荡,到川东川西和昆明大理去观光。到处,我老拿着我的笔。风把我的破帽子吹落在沙漠上,雨打湿了我的瘦小的铺盖卷儿;比风雨更厉害的是多少次敌人的炸弹落在我的附近,用沙土把我埋了半截。这,是流亡,是酸苦,是贫寒,是兴奋,是抗敌,也就是“八方风雨”。

二　开始流亡

直到二十六年十一月中旬,我还没有离开济南。第一,我不知道上哪里去好:回老家北平吧,道路不通;而且北平已陷入敌手,我曾函劝诸友逃出来,我自己怎能去自投罗网呢?到上海去吧,沪上的友人又告诉我不要去,我只好“按兵不动”。第二,从泰安到徐州,火车时常遭受敌机的轰炸,而我的幼女才不满三个月,大的孩子也不过四岁,实在不便去冒险。第三,我独自逃亡吧,把家属留在济南,于心不忍;全家走吧,既麻烦又危险。这是最凄凉的日子。齐鲁大学的学生已都走完，教员也走了多一半。那么大的院子，只剩下我们几家人。每天，只要是晴天，必有警报：上午八点开始，到下午四五点钟才解除。院里静寂得可怕：卖青菜，卖果子的都已不再来，而一群群的失了主人的猫狗都跑来乞饭吃。

我着急，而毫无办法。战事的消息越来越坏，我怕城市会忽然的被敌人包围住，而我作了俘虏。死亡事小，假若我被他捉去而被逼着作汉奸，怎么办呢？这点恐惧，日夜在我心中盘旋。是的，我在济南，没有财产，没有银钱；敌人进来，我也许受不了多大的损失。但是，一个读书人最珍贵的东西是他的一点气节。我不能等待敌人进来，把我的那点珍宝劫夺了去。我必须赶紧出走。

几次我把一只小皮箱打点好，几次我又把它打开。看一看痴儿弱女，我实不忍独自逃走。这情形，在我到了武汉的时候，我还不能忘记，而且写出一首诗来：

弱女痴儿不解哀，牵衣问父去何来？
话因伤别潜成泪，血若停流定是灰。
已见乡关沦水火，更堪江海逐风雷；
徘徊未忍道珍重，暮雁声低切切催。

可是，我终于提起了小箱，走出了家门。那是十一月十五日的黄昏。在将要吃晚饭的时候，天上起了一道红闪，紧接着是一声震动天地的爆炸。三个红闪，爆炸了三声。这是——当时并没有人知道——我们的军队破坏黄河铁桥。铁桥距我的住处有十多里路，可是我的院中的树木都被震得叶如雨下。

立刻，全市的铺户都上了门，街上几乎断绝了行人。大家以为敌人已到了城外。我抚摸了两下孩子们的头，提起小箱极快的走出去。我不能再迟疑，不能不下狠心：稍一踟蹰，我就会放下箱子，不能迈步了。

同时，我也知道不一定能走，所以我的临别的末一句话是："到车站看看有车没有，没有车就马上回来！"在我的心里，我切盼有车，宁愿在中途被炸死，也不甘心坐待敌人捉去我。同时我也愿车已不通，好折回来跟家人共患难。这两个不同的盼望在我心中交战，使我反倒忘了苦痛。我已主张不了什么，走与不走全凭火车替我决定。

在路上，我找到一位朋友，请他陪我到车站去，假若我能走，好托他照应着家中。

车站上居然还卖票。路上很静，车站上却人山人海。挤到票房，我买了一张到徐州的车票。八点，车入了站，连车顶上已坐满了人。我有票，而上不去车。

生平不善争夺抢挤。不管是名，利，减价的货物，还是车位，船位，还有电影票，我都不会把别人推开而伸出自己的手去。看看车子看看手中的票，我对友人说："算了吧，明天再说吧！"

友人主张再等一等。等来等去，已经快十一点了，车子还不开，我也上不去。我又要回家。友人代我打定了主意："假若能走，你还是走了好！"他去敲了敲末一间车的窗。窗子打开，一个茶役问了声："干什么？"友人递过去两块钱，只说了一句话："一个人，一个小箱。"茶役点了头，先接过去箱子，然后拉我的肩。友人托了我一把，我钻入了车中，我的脚还没落稳，车里的人——都是士兵——便连喊："出去！出去！没有地方。"好容易立稳了脚，我说了声：我已买了票。大家看着我，也不怎么没再说什么。我告诉窗外的友人："请回吧！明天早晨请告诉家里一声，我已上了车！"友人向我招了招手。

没有地方坐，我把小箱竖立在一辆自行车的旁边，然后用脚，用身子，用客气，用全身的感觉，扩充我的地盘。最后，我蹲在小箱旁边。又待了一会儿，我由蹲而坐，坐在了地上，下颏恰好放在自行车的坐垫上——那个三角形的，皮的东西。我只能这么坐着，不能改换姿式，因为四面八方都挤满了东西与人，恰好把我镶嵌在那里。

车中有不少军火，我心里说："一有警报，才热闹！只要一个枪弹打进来，车里就会爆炸；我，箱子，自行车，全会飞到天上去。"

同时，我猜想着，三个小孩大概都已睡去，妻独自还没睡，等着我也许回去！这个猜想可是不很正确。后来得到家信，才知道两个大孩子都不肯睡，他们知道爸走了，一会儿一问妈：爸上哪儿去了呢？

夜里一点才开车，天亮到了泰安。我仍维持着原来的姿式坐着，看不见外边。我问了声："同志，外边是阴天，还是晴天？"回答是："阴天。"感谢上帝！北方的初冬轻易不阴天下雨，我赶的真巧！由泰安再开车，下起细雨来。

晚七点到了徐州。一天一夜没有吃什么，见着石头仿佛都愿意去啃两口。头一眼，我看见了个卖干饼子的，拿过来就是一口。我差点儿噎死。一边打着嗝儿，我一边去买郑州的票。我上了绿钢车。站中，来的去的全是军车，只有这绿钢车，安闲的，漂亮的，停在那里，好像"战地之花"似的。

到郑州,我给家中与汉口朋友打了电报,而后歇了一夜。

到了汉口,我的朋友白君刚刚接到我的电报。他把我接到他的家中去。这是二十六年十一月十八日。从这一天起,我开始过流亡的生活。到今天——三十四年十二月四日——已整整八年了。

三　在武昌

离开家里,我手里拿了五十块钱。回想起来,那时候的五十元钱有多么大的用处呀! 它使我由济南走到汉口,而还有余钱送给白太太一件衣料——白君新结的婚。

白君是我中学时代的同学。在武汉,还另有两位同学,朱君与蔡君。不久,我就看到了他们。蔡君还送给我一件大衣。

住处有了,衣服有了,朋友有了:“我将干些什么呢?”这好决定。我既敢只拿着五十元钱出来,我就必是相信自己有挣饭吃的本领。我的资本就是我自己。只要我不偷懒,勤动着我的笔,我就有饭吃。

在汉口,我第一篇文章是给《大公报》写的。紧紧跟着,又有好几位朋友约我写稿。好啦,我的生活可以不成问题了。

倒是继续住在汉口呢? 还是另到别处去呢? 使我拿不定主意。二十一日,国府明令移都重庆。二十二日,苏州失守。武汉的人心极度不安。大家的不安,也自然的影响到我。我的行李简单,“货物”轻巧,而且喜欢多看些新的地方,所以我愿意再走。

我打电报给赵水澄兄,他回电欢迎我到长沙去。可是武汉的友人们都不愿我刚刚来到,就又离开他们;我是善交友的人,也就犹豫不决。

在武昌的华中大学,还有我一位好友,游泽丞教授。他不单不准我走,而且把自己的屋子与床铺都让给我,教我去住。他的寓所是在云架桥——多么美的地名!——地方安静,饭食也好,还有不少的书籍。以武昌与汉口相较,我本来就欢喜武昌,因为武昌像个静静的中国城市,而汉口是不中不西的乌烟瘴气的码头。云架桥呢,又是武昌最清静的所在,所以我决定搬了去。

游先生还另有打算。假若时局不太坏,学校还不至于停课,他很愿意约我在华中教几点钟书。

可是,我第一次到华中参观去,便遇上了空袭,这时候,武汉的防空设备都极简陋。汉口的巷子里多数架起木头,上堆沙包。一个轻量的炸弹也会把木架打垮,而沙包足以压死人。比这更简单的是往租界里跑。租界里连木架沙包也没有,可是大家猜测着日本人还不至于轰炸租界——这是心理的防空法。武昌呢,有些地方挖了地洞,里边用木头撑住,上覆沙袋,这和汉口的办法一样不安全。有的人呢,一有警报便往蛇山上跑,藏在树林里边。这,只须机枪一扫射,便要损失许多人。

华中更好了,什么也没有。我和朋友们便藏在图书馆的地窖里。模仿,使日本人吃了大亏。假若日本人不必等德国的猛袭波兰与伦敦,就已想到一下子把军事或政治或工业的中心炸得一干二净,我与我的许多朋友或者早已都死在武汉了。可是,日本人那时候只派几架,至多不过二三十架飞机来。他们不猛袭,我们也就把空袭不放在心上。在地窖里,我们还觉得怪安全呢。

不久，何容，老向与望云诸兄也都来到武昌千家街[①]福音堂。冯先生和朋友们都欢迎我们到千家街去。那里，地方也很清静，而且有个相当大的院子。何容与老向打算编个通俗的刊物；我去呢，也好帮他们一点忙。于是我就由云架桥搬到千家街，而慢慢忘了到长沙去的事。流亡中，本来是到处为家，有朋友的地方便可以小住；我就这么在武昌住下去。

四　略谈三镇

把个小一点的南京，和一个小一点的上海，搬拢在一处，放在江的两岸，便是武汉。武昌很静，而且容易认识——有那条像城的脊背似的蛇山，很难迷失了方向。汉口差不多和上海一样的嘈杂混乱，而没有上海的忙中有静，和上海的那点文化事业与气氛。它纯粹的是个商埠，在北平，济南，青岛住惯了，我连上海都不大喜欢，更不用说汉口了。

在今天想起来，汉口几乎没有给我留下任何印象。虽然武昌的黄鹤楼是那么奇丑的东西，虽然武昌也没有多少美丽的地方，可是我到底还没完全忘记了它。在蛇山的梅林外吃茶，在珞珈山下荡船，在华中大学的校园里散步，都使我感到舒适高兴。

特别值得留恋的是武昌的老天成酒店。这是老字号。掌柜与多数的伙计都是河北人。我们认了乡亲。每次路过那里，我都得到最亲热的招呼，而他们的驰名的二锅头与碧醇是永远管我喝够的。

---

① 应为千户街。

汉阳虽然又小又脏，却有古迹：归元寺、鹦鹉洲、琴台、鲁肃墓，都在那里。这些古迹，除了归元寺还整齐，其他的都破烂不堪，使人看了伤心。

汉阳的兵工厂是有历史的。它给武汉三镇招来不少次的空袭，它自己也受了很多的炸弹。

武汉的天气也不令人喜爱。冬天很冷，有时候下很厚的雪。夏天极热，使人无处躲藏。武昌，因为空旷一些，还有时候来一阵风。汉口，整个的像个大火炉子。树木很少，屋子紧接着屋子，除了街道没有空地。毒花花的阳光射在光光的柏油路上，令人望而生畏。

越热，蚊子越多。在千家街的一间屋子里，我曾在傍晚的时候，守着一大扇玻璃窗。在窗上，我打碎了三本刊物，击落了几百架小飞机。

蜈蚣也很多，很可怕。在褥下，箱子下，枕下，我都洒了雄黄；虽然不准知道，这是否确能避除毒虫，可是有了这点设施，我到底能睡得安稳一些。有一天，一撕一个小的邮卷，哼，里面跳出一条蜈蚣来！

提到饮食，武汉并没有什么特殊的东西。除了珍珠丸子一类的几种蒸菜而外，烹调的风格都近似江苏馆子的——什么菜都加点烩粉与糖，既不特别的好吃，也不太难吃。至于烧卖里面放糯米，真是与北方老粗故意为难了！

五　写鼓词

当我还在济南的时候，因时局的紧张，与宣传的重要，我已经想利用民间的文艺形式。我曾随着热心宣传抗战的青年们去看白云鹏与张小轩两先生,讨论鼓书的作法。

在汉口,我遇见了富少舫(山药旦)先生,董莲枝女士,和她的丈夫郑先生。这三位,都能读书写字,他们的爱国心也自然比一般的艺员更丰富。他们的眼睛不完全看着生意。只要有人供给他们新词儿,他们就肯下工夫去琢磨腔调,去背诵,去演唱,即使因此而影响到生意(都市中有闲的人们,既不喜新词儿,又不喜接受宣传),他们也不管。他们以为能在生意之外,多尽些宣传的责任,是他们的光荣。

和他们认识之后,我便开始写鼓词。

这时候,冯先生正请几位画家给画大张的抗战宣传画,以便放在街上,照着“拉大片”——一名西湖景——的办法,教民众们看。这需要一些韵语,去说明图画,我也就照着“看了一篇又一篇,十冬腊月好冷天”的套子,给每张作一首歌儿。

在战争中,大炮有用,刺刀也有用,同样的,在抗战中,写小说戏剧有用,写鼓词小曲也有用。我的笔须是炮,也须是刺刀。我不管什么是大手笔,什么是小手笔;只要是有实际的功用与效果的,我就肯去学习,去试作。我以为,在抗战中,我不仅应当是个作者,也应当是个最关心战争的国民;我是个国民,我就该尽力于抗敌;我不会放枪,好,让我用笔代替枪吧。既愿以笔代枪,那就写什么都好;我不应因写了鼓词与小曲而觉得有失身分。

在冯先生那里,还来了三位避难的唱河南坠子的。他们都是男人,都会拉会唱。他们都是在河南乡间的集市上唱书的,所以他们需要长的歌词,一段至少也得够唱半天的。我向他们领教了坠子的句法,就开始写一大段抗战的故事,一共写了三千多句。他们都是河南人，所以在他们的书词里有好多好多河南土语。他们的用韵也以乡音为准，譬如“叔”可以押“楼”，因为他们的“叔”读如北平的“熟”。我是北平人，只会用北平的俗语；于是，我虽力求通俗，可是有许多用语与词汇不是他们所能了解的。由这点经验，我晓得了通俗文艺若失去它的地方性，无论在言语上，还是在趣味上，它就必定也失去它的活跃与感动力。因此，我觉得民间的精神食粮，应当用一个地方的言语写下来，而后由各地方去翻译成各地方的土语；它的故事与趣味也照各地方的所需，酌量增减改动，才能保存它的文艺性。反之，若仅用死板的，没有生气的官话写出，则尽管各地方的人可以勉强听懂，也不会有多大的感动力量。

这三千多句长的一段韵文，可惜，已找不到了底稿。可是，我确知道那三位唱坠子的先生已把它背诵得飞熟，并且上了弦板。说不定，他们会真在民间去唱过呢——他们在武汉危急的时候，返回了故乡。

六　组织“文协”

文人们仿佛忽然集合到武汉。我天天可以遇到新的文友。我一向住在北方，又不爱到上海去，所以我认识的文艺界的朋友并不很多，戏剧界的名家，我简直一个也不熟识。现在，我有机会和他们见面了。

郭沫若，茅盾，胡风，冯乃超，艾芜，鲁彦，郁达夫，诸位先生，都遇到了。此外，还遇到戏剧界的阳翰笙，宋之的诸位先生，和好多位名导演与名艺员。

朋友们见面,不约而同的都想组织全国文艺界抗敌协会,以便团结到一处,共同努力于抗敌的文艺。我不是好事喜动的人,可是大家既约我参加,我也不便辞谢。于是,我就参加了筹备工作。

筹备得相当的快。到转过年三月二十七日成立大会便开成了。文人,在平日似乎有点吊儿郎当,赶到遇到要事正事,他们会干得很起劲,很紧张。文艺协会的筹备期间并没有一个钱,可是大家肯掏腰包,肯跑路,肯车马自备。就凭着这一点齐心努力的精神,大家把会开成,而且开得很体面。

这是,一点也不夸大,历史上少见的一件事。谁曾见过几百位写家坐在一处,没有一点成见与隔膜,而都想携起手来,立定了脚步,集中了力量,勇敢的,亲热的,一心一德的,成为笔的铁军呢?

大会是在商会里开的,连写家带来宾到了七八百人。主席是邵力子先生。这位老先生是“文协”首次大会的主席,也是后来历届年会的主席。上午在商会开会。中午在普海春聚餐;饭后即在普海春继续开会,讨论会章并选举理事。真热闹,也真热烈。有的人登在凳子上宣传大会的宣言,有的人朗读致外国作家的英文与法文信。可是警报器响了,空袭!谁也没有动,还照旧的开会。普海春不在租界,我们不管。一个炸弹就可以打死大一半的中国作家,我们不管。

紧急警报!我们还是不动。高射炮响了。听到了敌机的声音。我们还继续开会。投弹了。二十七架敌机,炸汉阳。

解除警报,我们正在选举。五点多钟散会,可是被推为检票——我也是一个——及监票的,还须继续工作。我们一直干到深夜。选举的结果,正是大家所期望的——不分党派,不管对文艺的主张如何,而只管团结与抗战。就我所记得的,邵力子,郭沫若,茅盾,胡风,冯乃超,郁达夫,姚蓬子,楼适夷,王平陵,陈西滢,张恨水,老向,诸位先生都当选。只就这几位说,就可以看出他们代表的方面有多么广,而绝对没有一点谁要包办与把持的痕迹。

第一次理事会是在冯先生那里开的。会里没有钱,无法预备茶饭,所以大家硬派冯先生请客。冯先生非常的高兴,给大家预备了顶丰富,顶实惠的饮食。理事都到会,没有请假的。开会的时候,张善子画师"闻风而至",愿作会员。大家告诉他:"这是文艺界协会,不是美术协会。"可是,他却另有个解释:"文艺就是文与艺术。"虽然这是个曲解,大家可不再好意思拒绝他,他就作了"文协"的会员。

后来,善子先生给我画了一张顶精致的扇面——秋山上立着一只工笔的黑虎。为这个扇面,我特意过江到荣宝斋,花了五元钱,配了一副扇骨。荣宝斋的人们也承认那是杰作。那一面,我求丰子恺给写了字。可惜,第一次拿出去,便丢失在洋车上,使我心中难过了好几天。

我被推举为常务理事,并须担任总务组组长。我愿作常务理事,而力辞总务组组长。"文协"的组织里,没有会长或理事长。在拟定章程的时候,大家愿意教它显出点民主的精神,所以只规定了常务理事分担各组组长,而不愿有个总头目。因此,总务组组长,事实上,就是对外的代表,和理事长差不多。我不愿负起这个重任。我知道自己在文艺界的资望既不够,而且没有办事的能力。

可是，大家无论如何不准我推辞，甚至有人声明，假若我辞总务，他们也就不干了。为怕弄成僵局，我只好点了头。

七　抗战文艺

这一来不要紧，我可就年年的连任，整整作了七年。

上长沙或别处的计划，连想也不再想了。“文协”的事务把我困在了武汉。

“文协”的“打炮”工作是刊行会刊。这又作得很快。大家凑了点钱，凑了点文章，就在五月四日发刊了《抗战文艺》。这个日子选得好。“五四”是新文艺的生日，现在又变成了《抗战文艺》的生日。新文艺假若是社会革命的武器，现在它变成了民族革命抵御侵略的武器。

《抗战文艺》最初是三日刊。不行，这太紧促。于是，出到五期就改了周刊。最热心的是姚蓬子，适夷，孔罗荪，与锡金几位先生，他们昼夜的为它操作，奔忙。

会刊虽不很大，它却给文艺刊物开了个新纪元——它是全国写家的，而不是一个人或几个人的。积极的，它要在抗战的大前提下，容纳全体会员的作品，成为“文协”的一面鲜明的旗帜。消极的，它要尽量避免像战前刊物上一些彼此的口角与近乎恶意的批评。它要稳健，又要活泼；它要集思广益，还要不失了抗战的，一定的目标；它要抱定了抗战宣传的目的，还要维持住相当高的文艺水准。这不大容易作到。可是，它自始至终，没有改变了它的本来面目。始终没有一篇专为发泄自己感情，而不顾及大体的文章。

在武汉撤退的时候，有一部分会员，仍停留在那里。他们——像冯乃超和孔罗荪几位先生——决定非至万不得已的时候不离开武汉。于是，在会刊编辑部西去重庆的期间，就由这几位先生编刊武汉特刊。特刊一共出了四期，末一期出版已是十月十五日——武汉是二十五日失守的。连同这四期特刊，《抗战文艺》在武汉一共出了二十期。自十七期起，即在重庆复刊。这个变动的痕迹是可以由纸张上看出来的：前十六期及特刊四期都是用白报纸印的，自第十七期起，可就换用土纸了。

重庆的印刷条件不及武汉那么良好，纸张——虽然是土纸——也极缺乏。因此，在“文协”的周年纪念日起，会刊由周刊改为半月刊。后来，又改成了月刊。就是在改为月刊之后，它还有时候脱期。会中经费支绌与印刷太不方便是使它脱期的两个重要原因。但是，无论怎么困难，它始终没有停刊。它是“文协”的旗帜，会员们决不允许它倒了下去。在武汉的时候，它可以销到七八千份。假若武汉不失守，它一定可以增销到万份以上。销得多就不会赔钱，也自然可以解决了许多困难。可是，武汉失守了，会刊在渝复刊后，只能行销于重庆，昆明，贵阳，成都几个大都市，连洛阳，西安，兰州都到不了。于是，每期只能印五千份，求收支相抵已自不易，更说不到赚钱了。

到了日本投降时，会刊出到了七十期。“文协”呢，由文艺界抗敌协会改名为文艺协会，《抗战文艺》也自然须告一结束，于是编辑者决定再出一小册作为终卷；以后就须出文艺协会的新会刊了。

在香港，昆明，和成都的“文协”分会，也都出过刊物，可是都因人才的缺乏与经费的困难，时出时停。最值得一提的是香港分会曾经出过几期外文的刊物,向国外介绍中国的抗战文艺。这是头一个向国外作宣传的文艺刊物,可惜因经费不足而夭折了,直到抗战胜利,也并没有继承它的。

我不惮繁琐的这么叙述“文协”会刊的历史,因为它实在是一部值得重视的文献。它不单刊露了战时的文艺创作,也发表了战时文艺的一切意见与讨论,并且报告了许多文艺者的活动。它是文,也是史。它将成为将来文学史上的一些最重要的资料。同时它也表现了一些特殊的精神,使读者看到作家们是怎样的在抗战中团结到一起,始终不懈的打着他们的大旗,向暴敌进攻。

在忙着办会刊而外,我们几乎每个星期都有座谈会联谊会。那真是快活的日子。多少相识与不相识的同道都成了朋友,在一块儿讨论抗战文艺的许多问题。开茶会呢,大家各自掏各自的茶资;会中穷得连“清茶恭候”也作不到呀。会后,刚刚得到了稿费的人,总是自动的请客,去喝酒,去吃便宜的饭食。在会所,在公园,在美的咖啡馆,在友人家里,在旅馆中,我们都开过会。假若遇到夜间空袭,我们便灭了灯,摸着黑儿谈下去。

这时候大家所谈的差不多集中在两个问题上:一个是如何教文艺下乡与入伍,一个是怎么使文艺效劳于抗战。前者是使大家开始注意到民间通俗文艺的原因;后者是在使大家于诗,小说,戏剧而外,更注意到朗诵诗,街头剧,及报告文学等新体裁。

但是,这种文艺通俗运动的结果,与其说是文艺真深入了民间与军队,倒不如说是文艺本身得到新的力量,并且产生了新的风格。文艺工作者只能负讨论,试作,与倡导的责任,而无法自己把作品送到民间与军队中去。这需要很大的经费与政治力量，而文艺家自己既找不到经费，又没有政治力量。这样，文艺家想到民间去，军队中去，都无从找到道路，也就只好写出民众读物，在报纸上刊物上发表发表而已。这是很可惜，与无可如何的事。

虽然我的一篇《抗战一年》鼓词，在七七周年纪念日，散发了一万多份；虽然何容与老向先生编的《抗到底》是专登载通俗文艺作品的刊物；虽然有人试将新写的通俗文艺也用木板刻出，好和《孟姜女》与《叹五更》什么的放在一处去卖；虽然不久教育部也设立了通俗读物编刊处；可是这个运动，在实施方面，总是枝枝节节没有风起云涌的现象。我知道，这些作品始终没有能到乡间与军队中去——谁出大量的金钱，一印就印五百万份？谁给它们运走？和准否大量的印，准否送到军民中间去？都没有解决。没有政治力量在它的后边，它只能成为一种文艺运动，一种没有什么实效的运动而已。

会员郁达夫与盛成先生到前线去慰劳军队。归来，他们报告给大家：前线上连报纸都看不到，不要说文艺书籍了。士兵们无可如何，只好到老百姓家里去借《三国演义》，与《施公案》一类的闲书。听到了这个，大家更愿意马上写出一些通俗的读物，先印一二百万份送到前线去。我们确是愿意写，可是印刷的经费，与输送的办法呢？没有人能回答。于是，大家只好干着急，而想不出办法来。

八 入 川

在武汉，我们都不大知道怕空袭。遇到夜袭，我们必定"登高一望”。探照灯把黑暗划开，几条银光在天上寻找。找到了，它们交叉在一处，照住那银亮的，几乎是透明的敌机。而后，红的黄的曳光弹打上去，高射炮紧跟着开了火。有声有色，真是壮观。

四月二十九与五月三十一日的两次大空战，我们都在高处看望。看着敌机被我机打伤，曳着黑烟逃窜，走着走着，一团红光，敌机打几个翻身，落了下去；有多么兴奋，痛快呀！一架敌机差不多就在我们的头上，被我们两架驱逐机截住，它就好像要孵窝的母鸡似的，有人捉它，它就爬下不动那样，老老实实的被击落。

可是，一进七月，空袭更凶了，而且没有了空战。在我的住处，有一个地洞，横着竖着，上下与四壁都用木柱密密的撑住，顶上堆着沙包。有一天，也就是下午两三点钟吧，空袭，我们入了这个地洞。敌机到了。一阵风，我们听到了飞沙走石；紧跟着，我们的洞就像一只小盒子被个巨人提起来，紧紧的乱摇似的，使我们眩晕。离洞有三丈吧，落了颗五百磅的炸弹，碎片打过来，把院中的一口大水缸打得粉碎。我们门外的一排贫民住房都被打垮，马路上还有两个大的弹坑。

我们没被打死，可是知道害怕了。再有空袭，我们就跑过铁路，到野地的荒草中藏起去。天热，草厚，没有风，等空袭解除了，我的袜子都被汗湿透。

不久，冯先生把我们送到汉口去。武昌已经被炸得不像样子了。千家街的福音堂中了两次弹。蛇山的山坡与山脚死了许多人。

因为我是“文协”的总务主任，我想非到万不得已不离开汉口。我们还时常在友人家里开晚会，十回倒有八回遇上空袭，我们煮一壶茶，灭去灯光，在黑暗中一直谈到空袭解除。邵先生劝我们快走，他的理由是："到了最紧急的时候，你们恐怕就弄不到船位，想走也走不脱了！"

这样，在七月三十日，我，何容，老向，与肖伯青（"文协"的干事），便带着"文协"的印鉴与零碎东西，辞别了武汉。只有友人白君和冯先生派来的副官，来送行。

船是一家中国的公司的，可插着意大利旗子。这是条设备齐全，而一切设备都不负责任的船。舱门有门轴，而关不上门；电扇不会转；衣钩掉了半截；什么东西都有，而全无用处。开水是在大木桶里。我亲眼看见一位江北娘姨把洗脚水用完，又倒在开水桶里！我开始拉痢。

一位军人，带着紧要公文，要在城陵矶下船。船上不答应在那里停泊。他耽误了军机，就碰死在绕锚绳的铁柱上！

船只到宜昌。我们下了旅馆。我继续拉痢。天天有空袭。在这里，等船的人很多，所以很热闹——是热闹，不是紧张。中国人仿佛不会紧张。这也许就是日本人侵华失败的原因之一吧？日本人不懂得中国人的"从容不迫"的道理。

我们求一位黄老翁给我们买票。他是一位极诚实坦白的人，在民生公司作事多年。他极愿帮我们的忙，可是连他也不住的抓脑袋。人多船少，他没法子临时给我们赶造出一只船来。等了一个星期，他算是给我们买到了铺位——在甲板上。我们不挑剔地方，只要不叫我们浮着水走就好。

仿佛全宜昌的人都上了船似的。不要说甲板上，连烟囱下面还有几十个难童呢。开饭，昼夜的开饭。茶役端着饭穿梭似的走，把脚上的泥垢全印在我们的被上枕上。我必须到厕所去，但是在夜间三点钟，厕所外边还站着一排候补员呢！

三峡有多么值得看哪。可是，看不见。人太多了，若是都拥到船头上去观景，船必会插在江里，永远不再抬头。我只能侧目看下面，看到人头——头发很黑——在水里打旋儿。

八月十四，我们到了重庆。上了岸，我们一直奔了青年会去。会中的黄次咸与宋杰人两先生都欢迎我们，可是怎奈宿舍已告客满。这时候重庆已经来了许多公务人员和避难的人，旅馆都有人满之患。青年会宿舍呢，地方清静，床铺上没有臭虫，房价便宜，而且有已经打好了的地下防空洞，所以永远客满。我们下决心不去另找住处。我们知道，在会里——那怕是地板呢——作候补，是最牢靠的办法。黄先生们想出来了一个办法，教我们暂住在机器房内。这是个收拾会中的器具的小机器房，很黑，响声很大。

天气还很热。重庆的热是出名的。我永远没睡过凉席，现在我没法不去买一张了。睡在凉席上，照旧汗出如雨。墙，桌椅，到处是烫的；人仿佛是在炉里。只有在一早四五点钟的时候，稍微凉一下，其余的时间全是在热气团里。城中树少而坡多，顶着毒花花的太阳，一会儿一爬坡，实在不是好玩的。

四川的东西可真便宜，一角钱买十个很大的烧饼，一个铜板买一束鲜桂圆。好吧，天虽热，而物价低，生活容易，我们的心中凉爽了一点。在青年会的小食堂里，我们花一二十个铜板就可以吃饱一顿。

“文协”的会友慢慢的都来到，我们在临江门租到了会所，开始办公。

我们的计划对了。不久，我们便由机器房里移到楼下一间光线不很好的屋里去。过些日子，又移到对门光线较好的一间屋中。最后，我们升到楼上去，屋子宽，光线好，开窗便看见大江与南山。何容先生与我各据一床。他编《抗到底》，我写我的文章。他每天是午前十一点左右才起来。我呢，到十一点左右已写完我一天该写的一二千字。写完，我去吃午饭。等我吃过午饭回来，他也出去吃东西，我正好睡午觉。晚饭，我们俩在一块儿吃。晚间，我睡得很早，他开始工作，一直到深夜。我们，这样，虽分住一间屋子，可是谁也不妨碍谁。赶到我们偶然都喝醉了的时候，才忘了这互不侵犯协定，而一齐吵嚷一回。

我开始正式的去和富少舫先生学大鼓书。好几个月，才学会了一段《白帝城》，腔调都摹拟刘（宝全）派。学会了这么几句，写鼓词就略有把握了。几年中，我写了许多段，可是只有几段被富先生们采用了：

《新拴娃娃》（内容是救济难童），富先生唱。

《文盲自叹》（内容是扫除文盲），富先生唱。

《陪都巡礼》（内容是赞美重庆），富贵花小姐唱。

《王小赶驴》（内容是乡民抗敌），董莲枝女士唱。

以上四段，时常在陪都演唱。其中以《王小赶驴》为最弱，因为董女士是唱山东犁铧大鼓的，腔调太缓慢，表现不出激昂慷慨的情调。于此，知内容与形式必求一致，否则劳而无功。

我也开始写旧剧剧本——用旧剧的形式写抗战的故事。这没有多大的成功。我只听说有一两出曾在某地表演过，我可是没亲眼看到。旧剧，因为是戏剧，比鼓词难写多了。最不好办的是教现代的人穿行头，走台步；不如此吧，便失去旧剧之美；按葫芦挖瓢吧，又使人看着不舒服；穿时装而且歌且舞吧，又像文明戏。没办法！

这时候，我还为《抗到底》写长篇小说——《蜕》。这篇东西没能写成。《抗到底》后来停刊了，我就没再往下写。

转过年来，二十八年之春，我开始学写话剧剧本。对戏剧，我是十成十的外行，根本不晓得小说与剧本有什么分别。不过，和戏剧界的朋友有了来往，看他们写剧，导剧，演剧，很好玩，我也就见猎心喜，决定瞎碰一碰。好在，什么事情莫不是由试验而走到成功呢。我开始写《残雾》。

初夏，“文协”得到战地党政工作委员会的资助，派出去战地访问团，以王礼锡先生为团长，宋之的先生为副团长，率领罗烽，白朗，葛一虹等十来位先生，到华北战地去访问抗战将士。

同时，慰劳总会组织南北两慰劳团，函请“文协”派员参加。理事会决议：推举姚蓬子，陆晶清两先生参加南团，我自己参加北团。

这是在五三、五四敌机狂炸重庆以后。重庆的房子，除了大机关与大商店的，差不多都是以竹篾为墙，上敷泥土，因为冬天不很冷，又没有大风，所以这种简单、单薄的建筑满可以将就。力气大的人，一拳能把墙砸个大洞。假若鲁智深来到重庆，他会天天闯祸的。这种房子盖得又密密相连，一失火就烧一大片。火灾是重庆的罪孽之一。日本人晓得这情形，所以五三、五四都投的是燃烧弹——不为炸军事目标，而是蓄意要毁灭重庆，造成恐怖。

前几天，我在公共防空洞里几乎憋死。人多，天热，空袭的时间长，洞中的空气不够用了。五三、五四我可是都在青年会里，所以没受到什么委屈。五四最糟，警报器因发生障碍，不十分响；没有人准知道是否有了空袭，所以敌机到了头上，人们还在街上游逛呢。火，四面八方全是火，人死得很多。我在夜里跑到冯先生那里去，因为青年会附近全是火场，我怕被火围住。彻夜，人们像流水一般，往城外搬。

经过这个大难，“文协”会所暂时移到南温泉去，和张恨水先生为邻。我也去住了几天。人心慢慢的安定了，我回渝筹备慰劳团与访问团出发的事情。我买了两身灰布的中山装，准备远行。此后，我老穿着这样的衣服。下过几次水以后，衣服灰不灰，蓝不蓝，老在身上裹着，使我很像个清道夫。吴组缃先生管我的这种服装叫作斯文扫地的衣服。

“文协”当然不会给我盘缠钱，我便提了个小铺盖卷，带了自己的几块钱，北去远征。

在起身以前，我写完了《残雾》。没加修改，便交王平陵先生去发表。我走了半年。等我回来，《残雾》已上演过了，很成功。导演是马彦祥先生，演员有舒绣文，吴茵，孙坚白，周伯勋诸位先生。可惜，我没有看见。

慰劳团先到西安，而后绕过潼关，到洛阳。由洛阳到襄樊老河口，而后出武关再到西安。由西安奔兰州，到由兰州榆林，而后到青海，绥远，宁夏，兴集，一共走了五个多月，两万多里。

这次长征的所见所闻，都记在《剑北篇》里——一部没有写完，而且不大像样的，长诗。在陕州，我几乎被炸死。在兴集，我差一点被山洪冲了走。这些危险与兴奋，都记在《剑北篇》里，即不多赘。

王礼锡先生死在了洛阳，这是文艺界极大的一个损失！

九　由川到滇

从二十九年起，大家开始感觉到生活的压迫。四川的东西不再便宜了，而是一涨就涨一倍的天天往上涨。我只好经常穿着斯文扫地的衣服了。我的香烟由使馆降为小大英，降为刀牌，降为船牌，再降为四川土产的卷烟——也可美其名曰雪茄。别的日用品及饮食也都随着香烟而降格。

生活不单困苦，而且也不安定。二十八，二十九，三十，这三年，日本费尽心机，用各种花样来轰炸。有时候是天天用一二百架飞机来炸重庆，有时候只用每次三五架，甚至于一两架，自晓至夜的施行疲劳轰炸，有时候单单在人们要睡觉，或睡的正香甜的时候，来捣乱。日本人大概是想以轰炸压迫政府投降。这是个梦想。中国人绝不是几个或几千个炸弹所能吓倒的。虽然如此，我在夏天可必须离开重庆，因为在防空洞里我没法子写作。于是，一到雾季过去，我就须预备下乡，而冯先生总派人来迎接："上我这儿来吧，城里没法子写东西呀！"二十九年夏天，我住在陈家桥冯公馆的花园里。园里只有两间茅屋，归我独住。屋外有很多的树木，树上时时有各种的鸟儿为我——也许为它们自己——唱歌。我在这里写《剑北篇》。

雾季又到，回教协会邀我和宋之的先生合写以回教为主题的话剧。我们就写了《国家至上》。这剧本，在重庆，成都，昆明，大理，香港，桂林，兰州，恩施，都上演过。他是抗战文艺中一个成功的作品。因写这剧本，我结识了许多回教的朋友。有朋友，就不怕穷。我穷，我的生活不安定，可是我并不寂寞。

二十九年冬，因赶写《面子问题》剧本，我开始患头晕。生活苦了，营养不足，又加上爱喝两杯酒，遂患贫血。贫血遇上努力工作，就害头晕——一低头就天旋地转，只好静卧。这个病，至今还没好，每年必犯一两次。病一到，即须卧倒，工作完全停顿！着急，但毫无办法。有人说，我的作品没有战前的那样好了。我不否认。想想看，抗战中，我是到处流浪，没有一定的住处，没有适当的饭食，而且时时有晕倒的危险，我怎能写出字字珠玑的东西来呢？

三十年夏，疲劳轰炸闹了两个星期。我先到歌乐山，后到陈家桥去住，还是应冯先生之邀。这时候，罗莘田先生来到重庆。因他的介绍，我认识了清华大学校长梅贻琦先生，梅先生听到我的病与生活状况，决定约我到昆明去住些日子。昆明的天气好，又有我许多老友，我很愿意去。在八月下旬，我同莘田搭机，三个钟头便到了昆明。

我很喜爱成都，因为它有许多地方像北平。不过，论天气，论风景，论建筑，昆明比成都还更好。我喜欢那比什刹海更美丽的翠湖，更喜欢昆明湖——那真是湖，不是小小的一汪水，像北平万寿山下的人造的那个。土是红的，松是绿的，天是蓝的，昆明的城外到处像油画。

更使我高兴的，是遇见那么多的老朋友。杨今甫大哥的背有点驼了，却还是那样风流儒雅。他请不起我吃饭，可是也还烤几罐土茶，围着炭盆，一谈就和我谈几点钟。罗膺中兄也显着老，而且极穷，但是也还给我包饺子，煮俄国菜汤吃。郑毅生，陈雪屏，冯友兰，冯至，陈梦家，沈从文，章川岛，段喆人，闻一多，萧涤非，彭啸咸，查良钊，徐旭生，钱端升诸先生都见到，或约我吃饭,或陪我游山逛景。这真是快乐的日子。在城中,我讲演了六次;虽然没有什么好听,听众倒还不少。在城中住腻,便同莘田下乡。提着小包,顺着河堤慢慢的走,风景既像江南,又非江南;有点像北方,又不完全像北方;使人快活,仿佛是置身于一种晴朗的梦境,江南与北方混在一起而还很调谐的,只有在梦中才会偶尔看到的境界。

在乡下,我写完了《大地龙蛇》剧本。这是受东方文化协会的委托,而始终未曾演出过的,不怎么高明的一本剧本。

认识一位新朋友——查阜西先生。这是个最爽直,热情,多才多艺的朋友。他听我有愿看看大理的意思,就马上决定陪我去。几天的工夫,他便交涉好,我们坐两部运货到畹汀的卡车的高等黄鱼。所谓高等黄鱼者,就是第一不要出钱,第二坐司机台,第三司机师倒还请我们吃酒吃烟——这当然不在协定之内,而是在路上他们自动这样作的。两位司机师都是北方人。在开车之前他们就请我们吃了一桌酒席!后来,有一位摔死在澜沧江上,我写了一篇小文悼念他。

到大理,我们没有停住,马上奔了喜洲镇去。大理没有什么可看的,不过有一条长街,许多卖大理石的铺子而已。它的城外,有苍山洱海,才是值得看的地方。到喜洲镇去的路上,左是高山,右是洱海,真是置身图画中。喜洲镇,虽然是个小镇子,却有宫殿似的建筑,小街左右都流着清清的活水。华中大学由武昌移到这里来,我又找到游泽丞教授。他和包漠庄教授,李何林教授,陪着我们游山泛水。这真是个美丽的地方,而且在赶集的时候,能看到许多夷民。

极高兴的玩了几天,吃了不知多少条鱼,喝了许多的酒,看了些古迹,并对学生们讲演了两三次,我们依依不舍的道谢告辞。在回程中,我们住在了下关等车。在等车之际,有好几位回教朋友来看我,因为他们演过《国家至上》。查阜西先生这回大显身手,居然借到了小汽车,一天便可以赶到昆明。

在昆明过了八月节,我飞回了重庆来。

十　写与游

这时候,我已移住白象街新蜀报馆。青年会被炸了一部分,宿舍已不再办。

夏天,我下乡,或去流荡;冬天便回到新蜀报馆,一面写文章,一面办理"文协"的事。"文协"也找到了新会所,在张家花园。

物价像发疯似的往上涨。文人们的生活都非常的困难。我们已不能时常在一处吃饭喝酒了,因为大家的口袋里都是空空的。"文协"呢有许多会员到桂林和香港去,人少钱少,也就显着冷落。可是,在重庆的几个人照常的热心办事,不肯教它寂寞的死去。办事很困难,只要我们动一动,外边就有谣言,每每还遭受了打击。我们可是不灰心,也不抱怨。我们诸事谨慎,处处留神。为了抗战,我们甘心忍受一切的委屈。

我的身体也越来越坏,本来就贫血,又加上时常"打摆子"(川语,管疟疾叫打摆子),所以头晕病更加重了。

不过,头晕并没完全阻止了我的写作。只要能挣扎着起床,我便拿起笔来,等头晕得不能坐立,再把它放下。就是在这么挣扎着的情形下,八年中我写了:

鼓词，十来段。旧剧，四五出。话剧，八本。短篇小说，六七篇。长篇小说，三部。长诗，一部。此外还有许多篇杂文。

这点成绩，由质上量上说都没有什么了不起。不过，把病痛，困苦，与生活不安定，都加在里面，即使其中并无佳作，到底可以见出一点努力的痕迹来了。

书虽出了不少，而钱并没拿到几个。战前的著作大致情形是这样的：商务的三本（《老张的哲学》，《赵子曰》，《二马》），因沪馆与渝馆的失去联系，版税完全停付；直到三十二年才在渝重排。《骆驼祥子》，《樱海集》，《牛天赐传》，《老牛破车》四书，因人间书屋已倒全无消息。到三十一年，我才把《骆驼祥子》交文化生活出版社重排。《牛天赐传》到最近才在渝出版。《樱海集》与《老牛破车》都无机会在渝付印。其余的书的情形大略与此相同，所以版税收入老那么似有若无。在抗战中写的东西呢，像鼓词，旧剧等，本是为宣传抗战而写的，自然根本没想到收入。话剧与鼓词，目的在学习，也谈不到生意经。只有小说能卖，可是因为学写别的体裁，小说未能大量生产，收入就不多。

不过，写作的成绩虽不好，收入也虽欠佳，可是我到底学习了一点新的技巧与本事。这就“不虚此写”！一个文人本来不是商人，我又何必一定老死盯着钱呢？没有饿死，便是老天爷的保佑；若专算计金钱，而忘记了多学习，多尝试，则未免挂羊头而卖狗肉矣。我承认八年来的成绩欠佳，而不后悔我的努力学习。我承认不计较金钱，有点愚蠢，我可也高兴我肯这样愚蠢；天下的大事往往是愚人干出来的。

有许多去教书的机会，我都没肯去：一来是，我的书籍，存在了济南，已全部丢光；没有书自然没法教书。二来是，一去教书，势必就耽误了乱写，我不肯为一点固定的收入而随便搁下笔。笔是我的武器，我的资本，也是我的命。

三十一年夏天，我随冯先生去游灌县与青城山。

我真喜爱青城山。它的翠绿的颜色直到如今还印在我的脑中。三峡，剑门，华山，终南，祁连山我都看过了，它们都有它们的特点，都有它们的奇伟处，可是我觉得它们都不如青城。我是喜安静的人，所以特别喜欢青城的幽寂。

可惜，我没能到峨嵋去！四川真伟大，有多少奇山异水可看呀！一个人若能走遍了四川，也就够开眼的了！就是在重庆那么乱的山城里，它到底有许多青峰，和两条清江可以作诗料呀！

我爱花，即使不能去看高山大川，我的案头一年四季总有一瓶鲜花给我一点安慰。梅，各色的梅；腊梅，各种的腊梅；杜鹃，茶花，水仙，菊，和各种的花，都能在街头买到。看着花，我想象着那山腰水滨的美丽，便有些乐不思"离"蜀矣！

十一　在北碚

北碚是嘉陵江上的一个小镇子，离重庆有五十多公里，这原是个很平常的小镇市；但经卢作孚与卢子英先生们的经营，它变成了一个"试验区"。在抗战中，因有许多学校与机关迁到此处，它又成了文化区。此地出煤。在许多煤矿中，天府公司且有最新的设备与轻便铁路。原有的手工业是制造石器——石砚及磨石等——与挂面，现在又添上小的粉面厂与染织厂。

这里的学校是复旦大学，体育专科学校，戏剧专科学校，重庆师范，江苏省立医学院，兼善中学和勉仁中学等。迁来的机关有国立编译馆，礼乐馆，中工所，水利局，中山文化教育馆，儿童福利所，江苏医院，教育电影制片厂……。有了这么多的学校与机关，市面自然也就跟着繁荣起来。它的整洁的旅舍，相当大的饭馆，浴室，和金店银行。它也有公园，体育场，戏馆，电灯，和自来水。它已不是个小镇，而是个小城。它的市外还有北温泉公园，可供游览及游泳；有山，山上住着太虚大师与法尊法师，他们在缙云寺中设立了汉藏理学院，教育年青的和尚。

二十八、二十九两年，此地遭受了轰炸，炸去许多房屋，死了不少的人。可是随炸随修。它的市容修改得更整齐美丽了。这是个理想的住家的地方。具体而微的，凡是大都市应有的东西，它也都有。它有水路，旱路直通重庆，百货可以源源而来。它的安静与清洁又远非重庆可比。它还有自己的小小的报纸呢。

林语堂先生在这里买了一所小洋房。在他出国的时候，他把这所房交给老向先生与“文协”看管着。因此，一来这里有许多朋友，二来又有住处，我就常常来此玩玩。在复旦，有陈望道，陈子展，章靳以，马宗融，洪深，赵松庆，伍蠡甫，方令孺诸位先生；在编译馆，有李长之，梁实秋，隋树森，阎金锷，老向诸位先生；在礼乐馆，有杨仲子，杨荫浏，卢前，张充和诸位先生；此外还有许多河北的同乡；所以我喜欢来到此处。虽然他们都穷，但是轮流着每家吃一顿饭，还不至于教他们破产。

三十一年夏天，我又来到北碚，写长篇小说《火葬》，从这一年春天，空袭就很少了；即使偶尔有一次，北碚也有防空洞，而且不必像在重庆那样跑许多路。

哪知道，这样一来可就不再动了。十月初，我得了盲肠炎，这个病与疟疾,在抗战中的四川是最流行的;大家都吃平价米,里边有许多稗子与稻子。一不留神把它们咽下去,入了盲肠,便会出毛病。空袭又多,每每刚端起饭碗警报器响了;只好很快的抓着吞咽一碗饭或粥,顾不得细细的挑拣;于是盲肠炎就应运而生。

我入了江苏医院。外科主任刘玄三先生亲自动手。他是北方人,技术好,又有个热心肠。可是,他出了不少的汗。找了三个钟头才找到盲肠。我的胃有点下垂,盲肠挪了地方,倒仿佛怕受一刀之苦,而先藏躲起来似的。经过还算不错,只是外边的缝线稍粗(战时,器材缺乏),创口有点出水,所以多住了几天院。

我还没出院,家眷由北平逃到了重庆。只好教他们上北碚来。我还不能动。多亏史叔虎,李效庵两位先生——都是我的同学——设法给他们找车,他们算是连人带行李都来到北碚。

从这时起,我就不常到重庆去了。交通越来越困难,物价越来越高;进一次城就仿佛留一次洋似的那么费钱。除了"文协"有最要紧的事,我很少进城。

妻絜青在编译馆找了个小事,月间拿一石平价米,我照常写作,好歹的对付着过日子。

按说,为了家计,我应去找点事作。但是,一个闲散惯了的文人会作什么呢?不要说别的,假若在从武汉撤退的时候,我若只带二三百元(这并不十分难筹)的东西,然后一把捣一把的去经营,说不定我就会成为百万之富的人。有许多人,就是这样的发了财的。但是,一个人只有一个脑子,要写文章就顾不得作买卖,要作生意就不用写文章。脑子之外,还有志愿呢。我不能为了金钱而牺牲了写作的志愿。那么,去作公务人员吧?也不行!

公务人员虽无发国难财之嫌，可是我坐不惯公事房。去教书呢，我也不甘心。教我放下毛笔，去拿粉笔，我不情愿。我宁可受苦，也不愿改行。往好里说，这是坚守自己的岗位；往坏里说，是文人本即废物。随便怎么说吧，我的老主意。

我戒了酒。在省钱而外，也是为了身体。酒，到此时才看明白，并不帮忙写作，而是使脑子昏乱迟钝。

我也戒烟。这却专为省钱。可是，戒了三个月，又吸上了。不行，没有香烟，简直活不下去！

既不常进城，我开始计划写一部百万字的长篇小说。一百万字，我想，能在两年中写完；假若每天能照准写一千五百字的话。三十三年元月，我开始写这长篇——就是《四世同堂》。

可是，头昏与疟疾时常来捣乱。到三十三年年底，我才只写了三十万字。这篇东西大概非三年写不完了。

北碚虽然比重庆清静，可是夏天也一样的热。我的卧室兼客厅兼书房的屋子，三面受阳光的照射，到夜半热气还不肯散，墙上还可以烤面包。我睡不好。睡眠不足，当然影响到头昏。屋中坐不住，只好到室外去，而室外的蚊子又大又多，扇不停挥，它们还会乘机而入，把疟虫注射在人身上。“打摆子”使贫血的人更加贫血。

三十三年这一年又是战局最黑暗的时候，中原，广西，我们屡败；敌人一直攻进了贵州。这使我忧虑，也极不放心由桂林逃出来的文友的安全。忧虑与关切也减低了我写作的效率。

十二　望北平

三十三年四月十六日，“文协”开年会。第二天，朋友们给我开了写作二十年纪念会，到会人很多，而且有朗诵，大鼓，武技，相声，魔术等游艺节目。有许多朋友给写了文章，并且送给我礼物。到大家教我说话的时候，我已泣不成声。我感激大家对我的爱护，又痛心社会上对文人的冷淡，同时想到自己的年龄加长，而碌碌无成，不禁百感交集，无法说出话来。

这却给我以很大的鼓励。我知道我写作成绩并不怎么好；友人们的鼓励我，正像鼓励一个拉了二十年车的洋车夫，或辛苦了二十年的邮差，虽然成绩欠佳，可是始终尽责不懈。那么，为酬答友人的高情厚谊，我就该更坚定的守住岗位，专心一志的去写作，而且要写得更用心一些。我决定把《四世同堂》写下去。这部百万字的小说，即使在内容上没什么可取，我也必须把它写成，成为从事抗战文艺的一个较大的纪念品。

三十三年的战局很坏，我可是还天天写作。除了头昏不能起床，我总不肯偷懒。这一年，《四世同堂》得到三十万字。

三十四年，我的身体特别坏。年初，因为生了个小女娃娃，我睡得不甚好，又患头晕。春初，又打摆子。以前，头晕总在冬天。今年，夏天也犯了这病。秋间，患痔，拉痢。这些病痛时常使我放下笔。本想用两年的功夫把《四世同堂》写完，可是到三十四年年底，只写了三分之二。这简直不是写东西，而是玩命！

抗战胜利了，我进了一次城。按我的心意，“文协”既是抗敌协会，理当以抗战始，以胜利终。进城，我想结束结束会务，宣布解散。朋友们可是一致的不肯使它关门。他们都愿意把“抗敌”取销，成为永久的文艺协会。于是，大家开始筹备改组事宜，不久便得社会部的许可，发下许可证。

关于复员，我并不着急。一不营商，二不求官，我没有忙着走的必要。八年流浪，到处为家；反正到哪里，我也还是写作，干吗去挤车挤船的受罪呢？我很想念家乡，这是当然的。可是，我既没钱去买黑票，又没有衣锦还乡的光荣，那么就教北平先等一等我吧，写了一首“乡思”的七律，就拿它结束这段“八方风雨”吧：

茫茫何处话桑麻？破碎山河破碎家；
一代文章千古事，余年心愿半庭花！
西风碧海珊瑚冷，北岳霜天翔角斜；
无限乡思秋日晚，夕阳白发待归鸦！

三十四年十二月二十八日于四川北碚

内蒙风光(节选)

1961年夏天,我们——作家、画家、音乐家、舞蹈家、歌唱家等共二十来人,应内蒙古自治区乌兰夫同志的邀请,由中央文化部、民族事务委员会和中国文联进行组织,到内蒙古东部和西部参观访问了八个星期。陪同我们的是内蒙古文化局的布赫同志。他给我们安排了很好的参观程序,使我们在不甚长的时间内看到林区、牧区、农区、渔场、风景区和工业基地;也看到了一些古迹、学校和展览馆;并且参加了各处的文艺活动,交流经验,互相学习。到处,我们都受到领导同志们和各族人民的欢迎与帮助,十分感激!

以上作为小引。下面我愿分段介绍一些内蒙风光。

林　海

这说的是大兴安岭。自幼就在地理课本上见到过这个山名,并且记住了它,或者是因为“大兴安岭”四个字的声音既响亮,又含有兴国安邦的意思吧。是的,这个悦耳的名字使我感到亲切、舒服。可是，那个“岭”字出了点岔子：我总以为它是奇峰怪石，高不可攀的。这回，有机会看到它，并且进到原始森林里边去，脚落在千年万年积累的几尺厚的松针上，手摸到那些古木，才真的证实了那种亲切与舒服并非空想。

对了，这个“岭”字，可跟秦岭的“岭”字不大一样。岭的确很多，高点的，矮点的，长点的，短点的，横着的，顺着的，可是没有一条使人想起“云横秦岭”那种险句。多少条岭啊，在疾驰的火车上看了几个钟头，既看不完，也看不厌。每条岭都是那么温柔，虽然下自山脚，上至岭顶，长满了珍贵的林木，可是谁也不孤峰突起，盛气凌人。

目之所及，哪里都是绿的。的确是林海。群岭起伏是林海的波浪。多少种绿颜色呀：深的，浅的，明的，暗的，绿得难以形容，绿得无以名之。我虽诌了两句：“高岭苍茫低岭翠，幼林明媚母林幽”，但总觉得离眼前实景还相差很远。恐怕只有画家才能够写下这么多的绿颜色来吧？

兴安岭上千般宝，第一应夸落叶松。是的，这是落叶松的海洋。看，“海”边上不是还有些白的浪花吗？那是些俏丽的白桦，树干是银白色的。在阳光下，一片青松的边沿，闪动着白桦的银裙，不像海边上的浪花么？

两山之间往往流动着清可见底的溪河，河岸上有多少野花呀。我是爱花的人，到这里我却叫不出那些花的名儿来。兴安岭多么会打扮自己呀：青松作衫，白桦为裙，还穿着绣花鞋呀。连树与树之间的空隙也不缺乏色彩：在松影下开着各种的小花，招来各色的小蝴蝶——它们很亲热地落在客人的身上。花丛里还隐藏着像珊瑚珠似的小红豆，兴安岭中酒厂所造的红豆酒就是用这些小野果酿成的,味道很好。

就凭上述的一些风光,或者已经足以使我们感到兴安岭的亲切可爱了。还不尽然:谁进入岭中,看到那数不尽的青松白桦,能够不马上向四面八方望一望呢?有多少省份用过这里的木材呀!大至矿井、铁路,小至桌椅、椽柱,有几个省市的建设与兴安岭完全没有关系呢?这么一想,“亲切”与“舒服”这种字样用来就大有根据了。所以,兴安岭越看越可爱!是的,我们在图画中或地面上看到奇山怪岭,也会发生一种美感,可是,这种美感似乎是起于惊异与好奇。兴安岭的可爱,就在于它美得并不空洞。它的千山一碧,万古常青,又恰好与广厦、良材联系起来。于是,它的美丽就与建设结为一体,不仅使我们拍掌称奇,而且叫心中感到温暖,因而亲切、舒服。

哎呀,是不是误投误撞跑到美学问题上来了呢?假若是那样,我想:把美与实用价值联系起来,也未必不好。我爱兴安岭,也更爱兴安岭与我们生活上的亲切关系。它的美丽不是孤立的,而是与我们的建设分不开的。它使不远千里而来的客人感到应当爱护它,感谢它。

及至看到林场,这种亲切之感便更加深厚了。我们伐木取材,也造林护树,左手砍,右手栽。我们不仅取宝,也作科学研究,使林海不但能够万古常青,而且百计千方,综合利用。山林中已有了不少的市镇,给兴安岭添上了新的景色,添上了愉快的劳动歌声。人与山的关系日益密切,怎能够使我们不感到亲切、舒服呢?我不晓得当初为什么管它叫作兴安岭,由今天看来,它的确含有兴国安邦的意义了。

草　原

自幼就见过“天苍苍，野茫茫，风吹草低见牛羊”这类的词句。这曾经发生过不太好的影响，使人怕到北边去。这次，我看到了草原。那里的天比别处的天更可爱，空气是那么清鲜，天空是那么明朗，使我总想高歌一曲，表示我的愉快。在天底下，一碧千里，而并不茫茫。四面都有小丘，平地是绿的，小丘也是绿的。羊群一会儿上了小丘，一会儿又下来，走在哪里都像给无边的绿毯绣上了白色的大花。那些小丘的线条是那么柔美，就像没骨画那样，只用绿色渲染，没有用笔勾勒，于是，到处翠色欲流，轻轻流入云际。这种境界，既使人惊叹，又叫人舒服，既愿久立四望，又想坐下低吟一首奇丽的小诗。在这境界里，连骏马与大牛都有时候静立不动，好像回味着草原的无限乐趣。紫塞，紫塞，谁说的？这是个翡翠的世界。连江南也未必有这样的景色啊！

我们访问的是陈巴尔虎旗的牧业公社。汽车走了一百五十华里，才到达目的地。一百五十里全是草原。再走一百五十里，也还是草原。草原上行车至为洒脱，只要方向不错，怎么走都可以。初入草原，听不见一点声音，也看不见什么东西，除了一些忽飞忽落的小鸟。走了许久，远远地望见了迂回的，明如玻璃的一条带子。河！牛羊多起来，也看到了马群，隐隐有鞭子的轻响。快了，快到公社了。忽然，像被一阵风吹来的，远丘上出现了一群马，马上的男女老少穿着各色的衣裳，马疾驰，襟飘带舞，像一条彩虹向我们飞过来。这是主人来到几十里外，欢迎远客。

见到我们，主人们立刻拨转马头，欢呼着，飞驰着，在汽车左右与前面引路。静寂的草原，热闹起来：欢呼声，车声，马蹄声，响成一片。车、马飞过了小丘，看见了几座蒙古包。

蒙古包外，许多匹马，许多辆车。人很多，都是从几十里外乘马或坐车来看我们的。我们约请了海拉尔的一位女舞蹈员给我们作翻译。她的名字漂亮——水晶花。她就是陈旗的人，鄂温克族。主人们下了马，我们下了车。也不知道是谁的手，总是热乎乎地握着，握住不散。我们用不着水晶花同志给作翻译了。大家的语言不同，心可是一样。握手再握手，笑了再笑。你说你的，我说我的，总的意思都是民族团结互助！

也不知怎的，就进了蒙古包。奶茶倒上了，奶豆腐摆上了，主客都盘腿坐下，谁都有礼貌，谁都又那么亲热，一点不拘束。不大会儿，好客的主人端进来大盘子的手抓羊肉和奶酒。公社的干部向我们敬酒，七十岁的老翁向我们敬酒。正是：

祝福频频难尽意，举杯切切莫相忘！

我们回敬，主人再举杯，我们再回敬。这时候鄂温克姑娘们，戴着尖尖的帽儿，既大方，又稍有点羞涩，来给客人们唱民歌。我们同行的歌手也赶紧唱起来。歌声似乎比什么语言都更响亮，都更感人，不管唱的是什么，听者总会露出会心的微笑。

饭后，小伙子们表演套马，摔跤，姑娘们表演了民族舞蹈。客人们也舞的舞，唱的唱，并且要骑一骑蒙古马。太阳已经偏西，谁也不肯走。是呀！蒙汉情深何忍别，天涯碧草话斜阳！

人的生活变了，草原上的一切都也随着变。就拿蒙古包说吧，从前每被呼为毡庐，今天却变了样，是用木条与草秆作成的，为是夏天住着凉爽，到冬天再改装。看那马群吧，既有短小精悍的蒙古马,也有高大的新种三河马。这种大马真体面,一看就令人想起“龙马精神”这类的话儿,并且想骑上它,驰骋万里。牛也改了种,有的重达千斤,乳房像小缸。牛肥草香乳如泉啊!并非浮夸。羊群里既有原来的大尾羊,也添了新种的短尾细毛羊,前者肉美,后者毛好。是的,人畜两旺,就是草原上的新气象之一。

渔 场

这些渔场既不在东海,也不在太湖,而是在祖国的最北边,离满洲里不远。我说的是达赉湖。若是有人不信在边疆的最北边还能够打鱼,就请他自己去看看。到了那里,他就会认识到祖国有多么伟大,而内蒙古也并不仅有风沙和骆驼,像前人所说的那样。内蒙古不是什么塞外,而是资源丰富的宝地,建设祖国必不可少的宝地!

据说:这里的水有多么深,鱼有多么厚。我们吃到湖中的鱼,非常肥美。水好,所以鱼肥。有三条河流入湖中,而三条河都经过草原,所以湖水一碧千顷——草原青未了,又到绿波前。湖上飞翔着许多白鸥。在碧岸、翠湖、青天,白鸥之间游荡着渔船,何等迷人的美景!

我们去游湖。开船的是一位广东青年,长得十分英俊,肩阔腰圆,一身都是力气。他热爱这座湖,不怕冬天的严寒,不管什么天南地北,兴高采烈地在这里工作。他喜爱文学,读过不少的文学名著。他不因喜爱文学而藏在温暖的图书馆里,他要碰碰北国冬季的坚冰,打出鱼来,支援各地。是的,内蒙古尽管有无穷的宝藏,若是没有人肯动手采取,便连鱼也会死在水里。可惜,我忘了这位好青年的姓名。我相信他会原谅我,他不会是因求名求利而来到这里的。

风景区

札兰屯真无愧是塞上的一颗珍珠。多么幽美呀！它不像苏杭那么明媚,也没有天山万古积雪的气势,可是它独具风格,幽美得迷人。它几乎没有什么人工的雕饰,只是纯系自然的那么一些山川草木。谁也指不出哪里是一"景",可是谁也不能否认它处处美丽。它没有什么石碑,刻着什么什么烟树,或什么什么奇观。它只是那么纯朴的,大方的,静静的,等待着游人。没有游人呢,也没大关系。它并不有意地装饰起来,向游人索要诗词。它自己便充满了最纯朴的诗情词韵。

四面都有小山,既无奇峰,也没有古寺,只是那么静静地在青天下绣成一个翠环。环中间有一条河,河岸上这里多些,那里少些,随便地长着绿柳白杨。几头黄牛,一小群白羊,在有阳光的地方低着头吃草,并看不见牧童。也许有,恐怕是藏在柳荫下钓鱼呢。河岸是绿的。高坡也是绿的。绿色一直接上了远远的青山。这种绿色使人在梦里也忘不了,好像细致地染在心灵里。

绿草中有多少花呀。石竹,桔梗,还有许多说不上名儿的,都那么毫不矜持地开着各色的花,吐着各种香味,招来无数的风蝶,闲散而又忙碌地飞来飞去。既不必找小亭,也不必找石磴,就随便坐在绿地上吧。风儿多么清凉,日光可又那么和暖,使人在凉暖之间,想闭上眼睡去,所谓"陶醉",也许就是这样吧？

夕阳在山，该回去了。路上到处还是那么绿，还有那么多的草木，可是总看不厌。这里有一片荞麦，开着密密的白花；那里有一片高粱，在微风里摇动着红穗。也必须立定看一看，平常的东西放在这里仿佛就与众不同。正是因为有些荞麦与高粱，我们才越觉得全部风景的自自然然，幽美而亲切。看，那间小屋上的金黄的大瓜哟！也得看好大半天，仿佛向来也没有看见过！

是不是因为札兰屯在内蒙古，所以才把五分美说成十分呢？一点也不是！我们不便拿它和苏杭或桂林山水作比较，但是假若非比一比不可的话，最公平的说法便是各有千秋。“天苍苍，野茫茫”在这里就越发显得不恰当了。我并非在这里单纯地宣传美景，我是要指出，并希望矫正以往对内蒙古的那种不正确的看法。知道了一点实际情况，像札兰屯的美丽，或者就不至于再一听到“口外”、“关外”等名词，便想起八月飞雪，万里流沙，望而生畏了。

春来忆广州

我爱花。因气候、水土等等关系，在北京养花，颇为不易。冬天冷，院里无法摆花，只好都搬到屋里来。每到冬季，我的屋里总是花比人多。形势逼人！屋中养花，有如笼中养鸟，即使用心调护，也养不出个样子来。除非特建花室，实在无法解决问题。我的小院里，又无隙地可建花室！

一看到屋中那些半病的花草，我就立刻想起美丽的广州来。去年春节后，我不是到广州住了一个月吗？哎呀，真是了不起的好地方！人极热情，花似乎也热情！大街小巷，院里墙头，百花齐放，欢迎客人，真是“交友看花在广州”啊！

在广州，对着我的屋门便是一株象牙红，高与楼齐，盛开着一丛丛红艳夺目的花儿，而且经常有些很小的小鸟，钻进那朱红的小“象牙”里，如蜂采蜜。真美！只要一有空儿，我便坐在阶前，看那些花与小鸟。在家里，我也有一棵象牙红，可是高不及三尺，而且是种在盆子里。它入秋即放假休息，入冬便睡大觉，且久久不醒，直到端阳左右，它才开几朵先天不足的小花，绝对没有那种秀气的小鸟作伴！现在，它正在屋角打盹，也许跟我一样，正想念它的故乡广东吧？

春天到来，我的花草还是不易安排：早些移出去吧，怕风霜侵犯；不搬出去吧，又都发出细条嫩叶，很不健康。这种细条子不会长出花来。看着真令人焦心！

好容易盼到夏天，花盆都运至院中，可还不完全顺利。院小，不透风，许多花儿便生了病。特别由南方来的那些，如白玉兰、栀子、茉莉、小金桔、茶花……也不怎么就叶落枝枯，悄悄死去。因此，我打定主意，在买来这些比较娇贵的花儿之时，就认为它们不能长寿，尽到我的心，而又不作幻想，以免枯死的时候落泪伤神。同时，也多种些叫它死也不肯死的花草，如夹竹桃之类，以期老有些花儿看。

夏天，北京的阳光过暴，而且不下雨则已，一下就是倾盆倒海而来，势不可当，也不利于花草的生长。

秋天较好。可是忽然一阵冷风，无法预防，娇嫩些的花儿就受了重伤。于是，全家动员，七手八脚，往屋里搬呀！各屋里都挤满了花盆，人们出来进去都须留神，以免绊倒！

真羡慕广州的朋友们，院里院外，四季有花，而且是多么出色的花呀！白玉兰高达数丈，干子比我的腰还粗！英雄气概的木棉，昂首天外，开满大红花，何等气势！就连普通的花儿，四季海棠与绣球什么的，也特别壮实，叶茂花繁，花小而气魄不小！看，在冬天，窗外还有结实累累的木瓜呀！真没法儿比！一想起花木，也就更想念朋友们！朋友们，快作几首诗来吧，你们的环境是充满了诗意的呀！

春节到了，朋友们，祝你们花好月圆人长寿，新春愉快，工作胜利！

“住”的梦

在北平与青岛住家的时候,我永远没想到过:将来我要住在什么地方去。在乐园里的人或者不会梦想另辟乐园吧。

在抗战中,在重庆与它的郊区住了六年。这六年的酷暑重雾,和房屋的不像房屋,使我会作梦了。我梦想着抗战胜利后我应去住的地方。

不管我的梦想能否成为事实,说出来总是好玩的:

春天,我将要住在杭州。二十年前,我到过杭州,只住了两天。那是旧历的二月初,在西湖上我看见了嫩柳与菜花,碧浪与翠竹。山上的光景如何?没有看到。三四月的莺花山水如何,也无从晓得。但是,由我看到的那点春光,已经可以断定杭州的春天必定会教人整天生活在诗与图画中的。所以,春天我的家应当是在杭州。

夏天,我想青城山应当算作最理想的地方。在那里,我虽然只住过十天,可是它的幽静已拴住了我的心灵。在我所看见过的山水中,只有这里没有使我失望。它并没有什么奇峰或巨瀑,也没有多少古寺与胜迹,可是,它的那一片绿色已足使我感到这是仙人所应住的地方了。到处都是绿,而且都是像嫩柳那么淡,竹叶那么亮,蕉叶那么润,目之所及,那片淡而光润的绿色都在轻轻的颤动,仿佛要流入空中与心中去似的。这个绿色会像音乐似的,涤清了心中的万虑,山中有水,有茶,还有酒。早晚,即使在暑天,也须穿起毛衣。我想,在这里住一夏天,必能写出一部十万到二十万的小说。

老舍晚年在家莳弄花草

假若青城去不成,求其次者才提到青岛。我在青岛住过三年,很喜爱它。不过,春夏之交,它有雾,虽然不很热,可是相当的湿闷。再说，一到夏天，游人来的很多，失去了海滨上的清静。美而不静便至少失去一半的美。最使我看不惯的是那些喝醉的外国水兵与差不多是裸体的，而没有曲线美的妓女。秋天，游人都走开，这地方反倒更可爱些。

不过，秋天一定要住北平。天堂是什么样子，我不晓得，但是从我的生活经验去判断，北平之秋便是天堂。论天气，不冷不热。论吃食，苹果，梨，柿，枣，葡萄，都每样有若干种。至于北平特产的小白梨与大白海棠，恐怕就是乐园中的禁果吧，连亚当与夏娃见了，也必滴下口水来！果子而外，羊肉正肥，高粱红的螃蟹刚好下市，而良乡的栗子也香闻十里。论花草，菊花种类之多，花式之奇，可以甲天下。西山有红叶可见，北海可以划船——虽然荷花已残，荷叶可还有一片清香。衣食住行，在北平的秋天，是没有一项不使人满意的。即使没有余钱买菊吃蟹，一两毛钱还可以爆二两羊肉，弄一小壶佛手露啊！

冬天，我还没有打好主意，香港很暖和，适于我这贫血怕冷的人去住，但是“洋味”太重，我不高兴去。广州，我没有到过，无从判断。成都或者相当的合适，虽然并不怎样和暖，可是为了水仙，素心腊梅，各色的茶花，与红梅绿梅，仿佛就受一点寒冷，也颇值得去了。昆明的花也多，而且天气比成都好，可是旧书铺与精美而便宜的小吃食远不及成都的那么多，专看花而没有书读似乎也差点事。好吧，就暂时这么规定：冬天不住成都便住昆明吧。

在抗战中，我没能发了国难财。我想，抗战结束以后，我必能阔起来，唯一的原因是我是在这里说梦。既然阔起来，我就能在杭州，青城山，北平，成都，都盖起一所中式的小三合房，自己住三间，其余的留给友人们住。房后都有起码是二亩大的一个花园，种满了花草；住客有随便折花的，便毫不客气的赶出去。青岛与昆明也各建小房一所，作为候补住宅。各处的小宅，不管是什么材料盖成的，一律叫作“不会草堂”——在抗战中，开会开够了，所以永远“不会”。

那时候，飞机一定很方便，我想四季搬家也许不至于受多大苦处的。假若那时候飞机减价，一二百元就能买一架的话，我就自备一架，择黄道吉日慢慢的飞行。

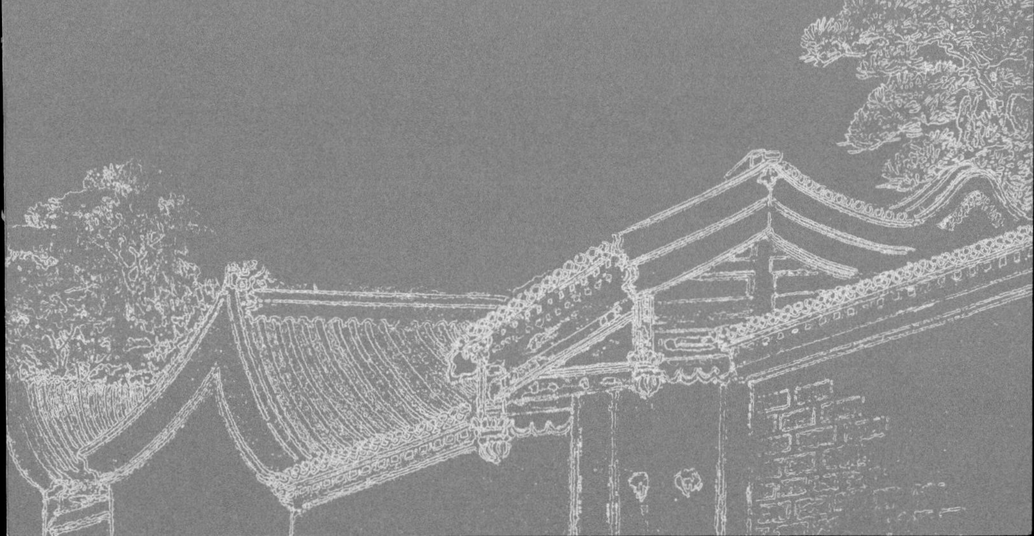